Damian

Queer Docs

Impressum:

Devan Freeman

Damian

Queer Docs Band 2

1. Auflage, Juli 2019
Copyright © Devan Freeman
Devan77freeman@gmail.com

ISBN-13: 978-3-947651-23-8

Impressum:
M. Schmidt
Fraunhofer Straße 21
10587 Berlin
Devan77freeman@gmail.com

Herausgegeben von
M. Schmidt
Fraunhofer Straße 21
10587 Berlin
Devan77freeman@gmail.com

Druck:
Printed in Germany by Amazon Distribution GmbH, Leipzig

Umschlaggestaltung:
Devan Freeman unter Verwendung folgender Abbildungen:
363932003 und 8455213, Shutterstock

Devan Freeman

Queer Docs

Band 2

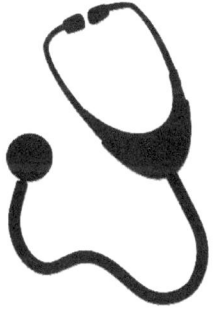

Das Buch

Gay Romance – dramatisch, emotional, heiß und mit Happy End.

Damians gutes Aussehen und sein lockerer Ton täuschen darüber hinweg, dass er ein Trauma mit sich trägt. Die tiefen Verletzungen erlauben es ihm nicht, glücklich zu werden, weder in einer Beziehung noch in seinem Beruf. Ein schwerer Unfall, der ihn auch äußerlich verändert, stürzt ihn noch tiefer in den Sumpf der Verzweiflung.

Igor, der Besitzer des *Dusters*, einem Schwulenclub in Berlin, wird Zeuge des Unfalls, der Damian fast das Leben kostet. Er fühlt sich schuldig, dass er ihn nicht verhindern konnte, kümmert sich um Damian, als dieser auf Unterstützung angewiesen ist, und er hilft Damian, in der Bretagne ein neues Leben zu beginnen. Wird er auch zu seinem Herzen durchdringen können?

Die Buchreihe „Queer Docs": Sie sind jung, schwul und kommen aus Berlin. Ihre Geschichten sind verwoben. Der Knotenpunkt ist ein Berliner Krankenhaus. Der zweite Band „Damian" schließt sich an den ersten Band „Samuel" an.

Inhaltsverzeichnis:

BRÜDER

Damian stellte die Einkaufstüten ab und steckte den Schlüssel ins Schloss. Als er die Tür aufstieß, hörte er seinen Bruder laut stöhnen und verdrehte die Augen. Leider musste er durch das Wohnzimmer. In welcher Stellung würde er die beiden diesmal wohl erwischen? Die Tüten konnte er nachher noch ausräumen. Er zog die Schuhe aus und durchquerte das Wohnzimmer leise, mit schnellen Schritten. Sein Bruder saß auf dem Sofa, hatte den Kopf zurückgelegt und die Augen geschlossen. Samuel hockte rittlings auf ihm und bewegte sich langsam auf und ab. Er blickte Damian an und schenkte ihm ein entschuldigendes Lächeln. Sein Kopf war hochrot, die dunkelblonden Locken standen wirr vom Kopf ab und die Brille saß schief auf der Nase.

Damian hastete weiter und schloss seine Zimmertür hinter sich. Er freute sich für die beiden, doch es hinterließ auch jedes Mal einen Stich in seinem Herzen, wenn er sie zusammen sah. Und es war nicht der Sex, um den er sie beneidete, davon konnte er haben, soviel er wollte, sondern es war die Vertrautheit. Für kurze Zeit hatte er das mit Samuel auch erlebt, doch er hatte es versaut, wie fast alles in seinem Leben. Unruhig lief er im Zimmer auf und ab. Er hatte das dringende Bedürfnis, etwas zu kochen oder noch besser zu backen. Allerdings musste er dazu wieder durch das Wohnzimmer. Er lief noch ein paar Runden, doch dann hielt er es nicht mehr aus, schließlich war dies auch seine Wohnung. Und wenn Jerko und Samuel nicht gestört werden wollten, sollten sie ihre Spielchen gefälligst in Jerkos Zimmer spielen. Erneut schlich er durchs Wohnzimmer, holte die Tüten und steuerte die Küche an. Er versuchte, nicht hinzusehen, was kaum möglich war. Sie saßen noch so wie zuvor auf dem Sofa, doch Jerko schien sich bereits erleichtert zu haben. Er umklammerte Samuel wie ein Ertrinkender und vergrub das Gesicht an seinem Brustkorb. Samuels Kopf lag auf Jerkos Haaren.

In der Küche räumte Damian die Tüten aus. Was sollte er zubereiten? Am liebsten eine Torte. Backen entspannte ihn am ehesten. Doch zum Abendessen war Kuchen nicht das Richtige. Nach ihrem Liebesspiel würden Jerko und Samuel Hunger haben. Vielleicht wäre eine Quiche Lorraine ein Kompromiss. Er holte Mehl aus dem Schrank und schüttete es in die Rührschüssel.

Jerko und Samuel waren erst seit kurzer Zeit ein Paar. Zuvor hatte sich Jerko fast zwei Jahre lang in Enthaltung geübt. Warum er sich das auferlegt hatte, war Damian ein Rätsel. Jerko hatte immer behauptet, er wolle keinen unverbindlichen Sex. Er hatte gesagt, dass er nur mit einem Partner intim sein wolle, der ihm etwas bedeutet. So ein Schwachsinn! Sex befriedigte Damian prima auch ohne Partnerschaft - zumindest seinen Körper. In seinem sechsundzwanzigjährigen Leben hatte Damian bislang nur einmal eine echte Beziehung geführt, und zwar mit Samuel. Vier Monate lang hatte er es durchgezogen und war hin und her gerissen gewesen. Auf der einen Seite hatte er sich noch nie so geborgen und angenommen gefühlt, doch auf der anderen Seite hatte es ihm höllische Angst gemacht. Wenn er jemanden liebte und ihm vertraute, machte ihn das verletzlich. Er gab dieser Person Macht über sich. Und wer versicherte ihm, dass diese Person ihm nicht weh tun und ihm das Herz brechen würde? Die Narben, die er bereits in sich trug, schmerzten schon genug. Noch mehr davon konnte er nicht ertragen. Daher siegte die Angst und Damian brach die Beziehung zu Samuel ab.

Jerko hatte Samuel von Anfang an begehrt, doch erst als Damian ihm versicherte, dass es für ihn in Ordnung war, versuchte er, Samuel für sich zu gewinnen. Jerko war so korrekt, so fürsorglich und immer für ihn da. Er war der beste große Bruder, den man sich vorstellen konnte. Und doch hasste Damian ihn manchmal, weil er immer der Gute, der Erfolgreiche und der Vorbildliche war. Er hingegen war nur ein Versager. Damian ließ die Küchenmaschine aufheulen und hoffte, dass das laute Geräusch diesen Hass, für den er sich schämte, aus seinem Kopf hämmern konnte. Er holte den Teig aus der Schüssel und rollte ihn aus.

Wasser rauschte durch den Abfluss. Offensichtlich waren Jerko und Samuel unter der Dusche. Die Wanne quietschte. Damian schüttelte den Kopf, während er Zwiebeln schnitt. Vermutlich trieben es die beiden schon wieder. Nach der langen Enthaltsamkeit schien Jerko alles nachholen zu müssen. Er konnte kaum an Samuel vorbeigehen, ohne dass sich seine Hose ausbeulte.

Etwa eine Stunde später saßen sie beim Essen. Jerko hatte einen Riesling von der Mosel geöffnet und Ed Sheeran flötete aus dem Lautsprecher. Zu allem Überfluss brannte noch eine Kerze. Es war so idyllisch, dass Damian die Quiche fast wieder hochkam, obwohl sie ihm wirklich gelungen war.

„Danke fürs Kochen. Es schmeckt sehr lecker", sagte Samuel und sah Damian besorgt an. Das war noch so eine

Sache, die Damian furchtbar anstrengend fand. Samuel arbeitete seit kurzer Zeit als Assistenzarzt in der Psychiatrie und testete seine analytischen Fähigkeiten ständig an ihm. Wenn er früher schlecht gelaunt oder traurig gewesen war, hatte sein Bruder das nie bemerkt und ihn in Ruhe gelassen. Jetzt, wo Samuel hier herumhing, musste er sich andauernd erklären. Samuel merkte sofort, wenn es ihm nicht gut ging, warf ihm diese forschenden Blicke zu, die er kaum ertragen konnte, und stellte unangenehme Fragen.

„Danke", antwortete Damian kurzangebunden und stocherte in seinem Essen herum. Er fühlte sich einfach nicht mehr richtig wohl in der Wohnung, was für ihn eine Katastrophe war. Jerko und er hatten sie sich nach dem Tod ihrer Mutter gekauft und sich das Zuhause geschaffen, dass sie zuvor nie kennengelernt hatten. Für sie beide war die Wohnung ein Rückzugsort, an dem sie Kraft schöpfen und wo sie ganz sie selbst sein konnten. Jede weitere Person in diesem Kreis störte empfindlich. Auch Jerkos vorheriger Partner Ralf hatte Damian schon gestört. Allerdings hatte er nie unangenehme Fragen gestellt und da Ralf und er sich gegenseitig nicht mochten, war Jerko meistens in Ralfs Wohnung gewesen. Damian wusste, dass Ralf es gerne gesehen hätte, wenn Jerko damals ganz zu ihm gezogen wäre. Doch Jerko hatte dem nie zugestimmt, was Damian als einen Sieg für sich verbucht hatte. Im Nachhinein war das durchaus einer der Gründe für ihre Trennung gewesen. Doch Damian hatte noch nicht einmal ein schlechtes Gewissen deshalb. Ralf war ein Idiot und sein Bruder hatte etwas Besseres verdient. So etwas wie Samuel. Innerlich fluchte Damian. Das war ein weiteres Kernproblem der Konstellation an diesem Esstisch. Damian mochte Samuel etwas zu sehr. Im vergangenen Jahr hatte er sich völlig unerwartet in ihn verliebt. Dass er dazu überhaupt in der Lage war, hätte er gar nicht gedacht und für einige Monate fühlte sich Damian innerlich weniger zerstört. Wenn er dazu in der Lage war, einen Menschen zu lieben, dann war er vielleicht doch halbwegs normal. Doch nachdem er sich eine Zeit lang in Sicherheit gewiegt hatte, kroch die alte Angst in ihm hoch und er beendete die Beziehung. Nach wie vor war er der Meinung, dass es besser war, sich von Samuel getrennt zu haben. Und wenn er sah, wie liebevoll Jerko mit Samuel umging, dann war er erst recht froh, diese Entscheidung getroffen zu haben. Er hätte Samuel niemals eine so innige Beziehung bieten können, wie Jerko es tat. Wie in allem anderen, war Jerko ihm auch darin weit überlegen.

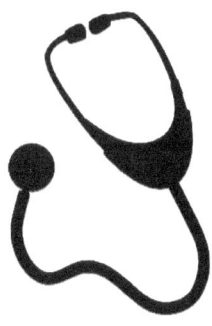

ALLTAG

„Selbstverständlich können Sie jederzeit an das Schließfach, vorausgesetzt wir haben geöffnet." Damian lächelte die alte Dame, die einen Nerzmantel trug, obwohl es erst Anfang Oktober und noch ziemlich warm war, freundlich an und erklärte ihr geduldig, wie sie an die Wertsachen kam, die sie in dem Bankschließfach deponiert hatte. Zum dritten Mal.

„Wir haben immer alles zu Hause aufbewahrt, mein Mann und ich", sagte die Frau und rieb nervös die Finger aneinander. „Aber mein Mann ist letztes Jahr gestorben und jetzt fühle ich mich einfach nicht mehr sicher. Vor kurzem wurde in der Nachbarschaft auch eingebrochen. Seither kann ich kaum noch ruhig schlafen."

„Das verstehe ich." Damian legte sanft die Fingerspitzen auf den Pelz am Unterarm der Dame. „Bei uns sind die Sachen sicher."

„Und wenn ich sterbe?"

„Darum haben wir uns auch schon gekümmert." Hatte die alte Dame das wirklich vergessen oder wollte sie von ihm nur nochmals hören, dass sie alles geregelt hatte? „Sie haben unterschrieben, dass Ihre Nichte dann den Inhalt des Schließfaches bekommt, und Ihre Nichte war doch auch schon bei uns und hat ebenfalls unterschrieben."

Die Dame seufzte laut.

Beruhigend redete Damian weiter auf sie ein.

„Sie sind sehr freundlich, Herr Zadnik", sagte sie schließlich. „Danke, dass Sie so geduldig mit mir sind."

„Kein Problem. Und wenn Sie noch Fragen haben, bin ich jederzeit für sie da."

„Das ist gut zu wissen."

„Ich begleite Sie zum Ausgang."

Nachdem die Dame mit vom Alter gebeugtem Rücken durch die gläserne Schiebetür der Filiale verschwunden war, seufzte Damian leise und ging zur Kaffeemaschine. Während er zusah, wie sich sein Kaffeebecher mit der schwarzen Flüssigkeit füllte, trat Ines neben ihn. Sie arbeitete erst seit ein paar Monaten in der Filiale und hatte auffällig oft am Kopierer zu tun, wenn Damian dort stand. Auch ihr Appetit auf Kaffee war immer dann besonders ausgeprägt, wenn Damian seinen Becher füllte.

„Meine Güte, hast du eine Geduld." Ines kicherte albern. „Ich wäre schon längstens ausgerastet, so oft wie die Dame dir die gleiche Frage gestellt hat."

Damian nahm den Becher aus dem Automaten und fügte einen Schluck Milch zu seinem Kaffee hinzu. „Das macht mir nichts aus. Sie war eben aufgeregt."

„Ich würde eher sagen, schwer von Begriff."

„Warte mal ab, bis du in ihr Alter kommst. Dann wirst du sehen, wie schnell du noch im Kopf und auf den Beinen bist."

Ines lachte und klimperte ihn mit ihren künstlich verlängerten Wimpern an. Anscheinend war sie der Meinung, er habe einen Witz gemacht. Doch Damian ärgerte sich über die Arroganz der Jugend, die aus Ines sprach. Auch er war jung und lebte das schnelle, oberflächliche Leben eines ungebundenen Mannes. Doch dem Alter hatte er immer Respekt entgegengebracht. Seine Oma war die einzige Frau, die er je geliebt hatte. Die Mutter seines Vaters hatte nach dessen Tod versucht, Jerko und ihm zu helfen. Sie hatte ihn in den Arm genommen und tröstende Worte für ihn gefunden. Papa sei im Himmel und würde ihm zusehen, hatte sie ihm versichert. Wenn Damian darauf hören würde, was sein Herz ihm sage, dann würde Papa ihm dadurch Antworten auf seine Fragen geben. Damals hatte er noch gar nicht verstanden, was seine Oma gemeint hatte. Doch es hatte ihn getröstet, er hatte ihre Worte nie vergessen und sich viele Jahre lang daran geklammert. Damian war ja erst fünf Jahre alt gewesen, als sein Vater in einer Holzkiste in die feuchte dunkle Erde versenkt wurde. Damian hatte geweint und geschrien. Sein Bruder und seine Oma hatten ihn festgehalten, ihn in die Arme genommen und gewiegt, bis er vor Erschöpfung eingeschlafen war. Und dann war Oma weg gewesen. Ihre Mutter hatte ihr den Umgang mit den Brüdern untersagt. Damian hatte erst Jahre später verstanden, dass Oma versucht hatte, Mutter vom Trinken abzuhalten, mit ihr gestritten und ihr Vorwürfe gemacht hatte. Doch das Ergebnis war gewesen, dass Oma aus ihrem Leben verschwunden war. Bitterkeit stieg in Damian hoch, als diese Erinnerungen sich in sein Bewusstsein drängten.

Ines hatte irgendetwas vor sich hingeplappert und dabei ihren Kaffee geschlürft. „Na ja, in jedem Fall war das am letzten Wochenende ein unglaubliches Erlebnis."

Damian rührte in seinem Kaffee. Der Appetit war ihm vergangen.

„Der Kaffee aus diesem Büroautomaten schmeckt furchtbar", sagte Ines, obwohl sie ihren Kaffee nicht verschmäht hatte. Der Becher war leer. „An der Ecke gibt es einen netten Coffeeshop und der Kaffee ist wirklich gut. Manchmal gehe ich nach der Arbeit hin und gönne mir einen Latte macchiato oder den *Caramel Macchiato*, der ist wirklich sensationell." Sie blickte Damian herausfordernd an.

Damian reagierte nicht. Wen interessierte schon, was Ines gerne trank? Und die Erwähnung des *Caramel Macchiato*, den Samuel am liebsten bestellte, rief in Damian nur die Erinnerung seines verzückten Gesichtes wach, als er ihn einmal mit seinem Lieblingsgetränk überrascht hatte. Sein Mienenspiel hatte Damian damals zum Lachen gebracht – überhaupt hatte er während der vier Monate, die er mit Samuel verbracht hatte, so viel gelacht wie sonst in zwei Jahren nicht.

„Vielleicht magst du mal mitkommen?" Ines ging in die Offensive. Sollte er ihr einfach sagen, dass er schwul war? Dann würde sie ihn möglicherweise in Ruhe lassen. Einige seiner Kollegen wussten es, aber niemand machte Aufhebens davon. Damian hatte keine Lust, intime Details mit Ines zu diskutieren. Es ging sie nichts an.

„Danke, aber mir schmeckt der Kaffee im Büro", sagte Damian und goss die inzwischen kalt gewordene graubraune Brühe in den Ausguss. Er drehte sich um und ging zurück zu seinem Platz. Ines starrte ihm hinterher. Damian hatte das ungute Gefühl, dass seine Zurückweisung Ines nicht abschrecken würde, sondern sie im Gegenteil noch darin bestärken würde, Damian ins Bett zerren zu wollen. Schließlich war das, was schwer zu bekommen war, am interessantesten.

„Das Leben ist echt unfair", wisperte ihm Paul zu, als er einen Stapel Post auf den Schreibtisch legte.

„Danke." Damian begann, die Briefe zu öffnen. „Ich bin zwar ganz deiner Meinung, aber wie kommst du jetzt darauf?"

„Alle heißen Schnecken hecheln dir hinterher und dich lässt das kalt. Warum interessieren sie sich nicht ausnahmsweise mal für einen kahlköpfigen, untersetzten Typen mit Brille." Er warf einen sehnsüchtigen Blick auf Ines Hintern, der sich unter dem straff gespannten Stoff des Bleistiftrockes abzeichnete.

„Mit Ines hast du nicht viel verpasst. Sie ist eine dumme Pute." Damian mochte Paul, der schon genauso lange in der Filiale arbeitete wie er. Er war freundlich und manchmal tranken sie nach der Arbeit noch ein Bier zusammen.

„Mag ja sein. Aber eine dumme Pute mit einem Knackarsch."

„Der Knackarsch wird ziemlich schnell langweilig, wenn man sich mit dem anderen Ende nicht vernünftig unterhalten kann."

Paul lachte. „Und ich dachte, du bist der oberflächliche Typ, der jede Nacht einen anderen Mann aufreißt."

„Bin ich ja auch. Knackärsche werden eben schnell langweilig."

Sophia, eine Auszubildende, die seit wenigen Tagen in der Filiale arbeitete, ging an ihnen vorbei. „Guten Morgen", sagte sie leise, ohne den Blick zu heben. Sie war ziemlich schüchtern.

Damian lächelte sie an. „Guten Morgen, Sophia."

Die Andeutung eines Lächelns huschte über ihr Gesicht und ihr Blick blieb kurz an Paul hängen.

Damian musste grinsen. „Ich glaube auch, mein Lieber, dass du den Wald vor lauter Bäumen nicht siehst."

Paul runzelte die Stirn. „Was meinst du denn?"

„Wenn du dich nicht so von Ines Hintern blenden lässt, findest du es schon heraus."

Paul schüttelte den Kopf. „Was quatschst du da für einen Müll?"

Damian lachte nur.

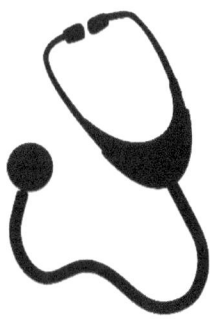

DER UNFALL

Damian trat mit seinem Aufriss des Abends, einem zierlichen Asiaten, dessen Name er sich nicht merken konnte, aus dem *Dusters*. Damian hatte ihn im Darkroom gefunden, wo der Kleine ziemlich nervös auf einen Schwanz gewartet hatte. Damian hatte ihm seinen bereitwillig zur Verfügung gestellt und ihn ordentlich durchgefickt, bis er nur noch gequietscht hatte. Und jetzt hing er an seinem Arm und Damian überlegte, wie er ihn loswerden konnte. Normalerweise hatte er keine Skrupel, seine Aufrisse abzuservieren, doch der Junge klammerte sich mit einem so verklärten Gesichtsausdruck an ihn, dass er nach einer etwas weniger verletzenden Methode suchte, ihn ins Nirwana zu schicken.

Zwei bullige Männer mit Glatzköpfen und Lederjacken kamen ihnen entgegen. Damian versuchte auszuweichen, doch einer der Männer rempelte ihn mit voller Wucht an.

„Hey, was soll das?", beschwerte sich Damian.

„Halt's Maul, du Schwuchtel", knurrte einer der Männer.

„Besser schwul, als so hirnlos wie du", gab Damian zurück. Von so einem Vollidioten ließ er sich doch nicht ins Bockshorn jagen.

Die Männer blieben stehen und bauten sich bedrohlich vor Damian und seinem Begleiter auf. „Was sagst du da, du verdammtes Stück Scheiße?"

„Selber Scheiße. Brauchst du eine Brille oder warum hast du mich angerempelt?"

Der Größere der beiden stemmte seine Hände in die Taille. „Da will wohl jemand richtig Ärger. Kannst du haben."

Der Asiate riss sich von Damian los und rannte die paar Schritte bis zur Tür des *Dusters*, stieß sie auf und verschwand darin. Damian blickte ihm aus den Augenwinkeln nach. Hoffentlich war er so schlau, im Club Bescheid zu sagen, dass es hier Ärger gab. Theodor, der Türsteher, stand schon lange nicht mehr vor dem Club, die Sonne ging ja bald auf.

„Dein kleiner Schwanzlutscher hat sich schon verdrückt. Der ist deutlich schlauer als du", meinte der andere Lederjackenträger und grinste hämisch. Er packte Damian am Kragen und schob ihn rückwärts aus der schmalen Gasse heraus, in der der Eingang zum *Dusters* lag. „Erst mal weg von diesem Scheiß-Schwulenclub und dann kriegst du ordentlich eins auf die Fresse."

„Nimm deine schmutzigen Griffel von mir weg", rief Damian und versuchte vergebens, sich aus dem eisernen Griff des Mannes zu befreien. Er hoffte, dass die Kerle das Zittern in seiner Stimme nicht hörten. Das lief total aus dem Ruder. Wenn sie ihn vom *Dusters* wegschleiften, konnte er nicht auf Hilfe von dort hoffen.

Der andere Kerl schubste ihn ebenfalls rückwärts. „Den musst du richtig hart anfassen, sonst meint er, es sei nur Spaß. Wahrscheinlich steht die Schwuchtel darauf, den Hintern versohlt zu kriegen."

Sie hatten das Ende der Gasse bereits erreicht. Hinter sich hörte Damian die Autos vorbeifahren. Sah denn niemand, dass er bedroht wurde? Warum hielt keiner an?

„Der wird schon merken, dass es kein Spaß ist." Eine Faust schnellte auf ihn zu und traf ihn mitten ins Gesicht. Damian hörte sein Nasenbein knacken und Sternchen tanzten vor seinen Augen. „Hört auf!" Der metallische Geschmack von Blut breitete sich in seinem Mund aus.

„Die Schlampe winselt schon um Gnade." Die grinsende Fratze des Glatzkopfs war das Letzte, was er sah, bevor er von einem weiteren Schlag ins Gesicht getroffen wurde, rückwärts taumelte, über die Bordsteinkante stolperte und nach hinten kippte. Quietschende Reifen, ein dumpfer Aufprall und danach wurde es schwarz.

So schnell er konnte, rannte Igor die Straße entlang, wo zwei Männer in Bomberjacken auf Damian einschlugen. Theodor war ihm dicht auf den Fersen. Ein paar Minuten zuvor war ein junger asiatischer Mann wie ein aufgescheuchtes Huhn durch den Club gerannt und hatte etwas von einer Schlägerei gebrüllt. Als der Name *Damian* fiel, hatten sich sowohl Theodor als auch Igor wie von der Tarantel gestochen in Bewegung gesetzt. Der Club gehörte Igor und Damian verkehrte dort seit seinem achtzehnten Lebensjahr. Vor ein paar Jahren hatte Damians Bruder Igor operiert, als er mit einem Blinddarmdurchbruch im Krankenhaus eingeliefert worden war. Seither gehörten Damian und Jerko zu dem kleinen Kreis der Clubbesucher, denen Igor besonders verbunden war. Theodor arbeitete seit der Eröffnung des *Dusters* Seite an Seite mit Igor, als Türsteher und als seine rechte Hand. Ohne ihn wäre das *Dusters* nicht zu einem so angesagten Club in Berlin geworden.

Noch bevor Igor die Hauptstraße erreicht hatte, quietschten Reifen und ein dumpfer Schlag ertönte, gefolgt von dem schrecklichen Geräusch brechender Knochen, das Igor schon einmal gehört hatte und das ihm das Blut in den Adern gefrieren ließ. Die Skinheads rannten weg und ließen Damian, der halb unter einem SUV lag, zurück. Igor beugte sich zu Damian. Er wusste, dass er ihn nicht bewegen sollte, doch er konnte ihn einfach nicht auf der Straße unter dem Wagen liegen lassen und zog ihn heraus. Theodor telefonierte bereits mit der Rettungsleitstelle und forderte einen Rettungswagen und einen Notarzt an.

„Damian!", schrie Igor entsetzt auf. Damians rechte Gesichtshälfte war ein einziger Brei aus Blut und Knochen.

„Um Himmels willen", rief Theodor hinter ihm.

Als Igor Damian weiter unter dem Auto hervorzog, sah er, dass beide Beine gebrochen waren. Über das rechte musste ein Reifen gerollt sein, es war regelrecht zertrümmert.

„Oh nein, Damian", flüsterte Igor, hob ihn hoch und drückte ihn an sich. Zumindest hörte er seinen leisen, röchelnden Atem.

Aus dem Wagen stieg ein kreidebleicher Mann. „Es ging so schnell", stotterte er und hielt sich an der Wagentür fest. „Die Männer standen auf dem Bürgersteig und dann prallte er gegen die Motorhaube." Der Mann zeigte auf Damian, der leblos in Igors Armen hing, und fing am ganzen Körper an zu zittern. „Oh Gott, ich habe ihn überfahren."

Erst als die Sanitäter die Trage aus dem Rettungswagen geholt hatten, ließ Igor Damian los und legte ihn vorsichtig ab. Mit raschen geübten Handgriffen versorgten die Sanitäter und der Notarzt Damian, bevor sie ihn in den Krankenwagen schoben und mit Blaulicht und Martinshorn davonfuhren. Mit hängenden Schultern blickte Igor dem Wagen hinterher. Was würde mit Damian geschehen? Er hoffte darauf, dass die Ärzte ein Wunder vollbringen konnten, denn so, wie es ausgesehen hatte, waren Damians Verletzungen dermaßen schwerwiegend, dass ein Wunder notwendig war.

Theodor legte ihm die Hand auf die Schulter. „Fahr doch ins Krankenhaus. Ich mache den Club zu und rufe vorher noch seinen Bruder an."

Igor schloss die Augen. Jerko! Jerko liebte seinen kleinen Bruder abgöttisch, er würde durchdrehen, wenn er erfuhr, was geschehen war. Igor dachte daran, als Jerko vor acht Jahren bei ihm gewesen war und ihn gebeten hatte, auf seinen Bruder aufzupassen. Er hatte ihm damals nichts versprochen, das konnte er ja nicht. Dennoch hatte Igor ein schlechtes Gewissen. Es war vor seinem Club geschehen und er hatte Damian nicht vor diesem Unglück bewahren können.

Langsam drehte sich Igor zu Theodor. „In Ordnung. Ruf Jerko an. Ich erkläre ihm dann im Krankenhaus, was geschehen ist."

Theodor nickte. „Ich lasse mir noch von dem jungen Mann, der uns im Club Bescheid gegeben hat, eine Personenbeschreibung der Skinheads geben und informiere die Polizei."

Mit steifen Beinen stakste Igor zu seinem Wagen. Hoffentlich überlebte Damian. Er durfte nicht daran denken, wie zerstört sein Gesicht war.

IM KRANKENHAUS

Igor hastete durch die schmucklosen Gänge, fragte sich durch und nahm in einem Wartebereich in der Nähe der unfallchirurgischen Operationssäle Platz. Nach etwa einer Stunde wankte Jerko durch eine Tür. Er trug die grüne Kleidung der Operateure und war weiß wie die Wand. Igor sprang auf und lief Jerko entgegen. Er legte den Arm um ihn und führte ihn zu der Sitzgruppe.

Jerko setzte sich und ließ den Kopf auf seine Hände sinken. „Mein kleiner Bruder! Wie konnte das passieren? Sein Gesicht, seine Beine!"

Igor biss sich auf die Lippen. „Es tut mir so leid. Wir waren zu spät."

„Was ist geschehen?", fragte Jerko tonlos.

Igor berichtete ihm in knappen Worten, was er von dem Vorfall vor dem *Dusters* mitbekommen hatte.

„Ich sollte auf ihn aufpassen", flüsterte Jerko heiser. „Ich habe versagt."

„Auch ich habe versagt und konnte ihn nicht schützen."

Jerkos Schultern zuckten, als er verhalten schluchzte. „Er hat ein Auge verloren. Und sein rechtes Bein kann der Unfallchirurg wahrscheinlich auch nicht retten."

„Er wird es aber überleben, oder?"

Jerko nickte. „Aber wie wird er damit klarkommen?"

Igor knetete seine Hände. Damian war ohnehin so zerbrechlich, zumindest psychisch. Er kannte ihn nur aus dem *Dusters*, aber der Club war ein Ort, an dem Menschen sich gehen lassen konnten, ihr Schutzschild fallen ließen und mehr als einmal hatte Igor in Damians Augen die Verletzungen gesehen, die seine Seele trug.

Ein junger Mann mit lockigen dunkelblonden Haaren und einer schwarzgerahmten Brille stürmte den Gang entlang auf sie zu. „Jerko", rief er. „Was ist passiert? Liah hat mich gerade aus dem OP angerufen und gesagt, dass Damian auf dem Tisch liegt."

Jerko schluchzte auf, als Samuel sich in seine Arme warf. Samuel strich ihm beruhigend über den Rücken. „Alles wird wieder gut werden. Bestimmt wird alles wieder gut."

Jerko riss sich von ihm los und schrie ihn an: „Nichts wird wieder gut. Mein kleiner Bruder hat ein Auge verloren und das rechte Bein müssen sie ihm auch abnehmen."

„Oh, Gott", murmelte Samuel tonlos und starrte Jerko entsetzt an. Dann beugte er sich wieder vor und nahm Jerko in den Arm. Jerko ließ den Kopf auf seine Schulter fallen und schluchzte leise.

Igor räusperte sich und stand auf. „Ich besorge uns mal einen Kaffee." Er wollte die beiden kurz allein lassen und das war es doch, was Freunde und Angehörige machten, die vor dem OP warteten. Sie zogen Kaffee aus den Automaten. Zumindest in den Fernsehserien war es so. Als Besucher hatte er nicht viel Erfahrung mit Krankenhäusern. Als er selbst vor ein paar Jahren von Jerko operiert worden war, hatte er das Krankenhaus verlassen, sobald er sich herausschleppen konnte. Jerko hatte ziemlich mit ihm geschimpft, doch Igor hatte sich nicht am Bett festbinden lassen. Seine Schwester hatte ihre Ausbildung in der Krankenpflege zwar nicht abgeschlossen, doch sie war auf jeden Fall erfahren genug, um sich um ihn kümmern zu können. Als Igor ein Kind gewesen war, hatte er auch einmal eine ziemlich lange Zeit in einer Spezialklinik gelegen, aber das war schon so viele Jahre her und eigentlich wolle er nicht daran denken. Sollte er vielleicht lieber nach Hause gehen? Er war ja kein Angehöriger von Damian, noch nicht einmal ein Freund, sondern nur der Besitzer eines Clubs, in dem Damian häufig verkehrte. Vermutlich wäre es angebracht zu gehen, jetzt wo Samuel da war und sich um Jerko kümmern konnte. Doch das konnte Igor nicht, er musste dableiben, zumindest bis er sicher war, dass Damian überleben würde.

Es dauerte noch etliche Stunden, bis sich die Türen des OPs öffneten und ein kleiner Trupp verschwitzter Ärzte mit ernster Miene heraustrat. Zwischenzeitlich war Jerko ein paarmal in dem Saal gewesen, in dem Damian operiert wurde, doch nach ein einiger Zeit war er immer wieder bleich und mit hängenden Schultern zu ihnen zurückgekehrt.

„Ich kann einfach nicht sehen, wie sie an meinem Bruder herumschneiden", hatte er gesagt und sich wieder in Samuels Armen vergraben.

Als die Ärzte auf sie zukamen, stand Jerko auf. „Gregor?", fragte er mit zitternder Stimme.

Igor kannte Gregor. Er verkehrte ebenfalls im *Dusters* und hatte einen quirligen blonden Lebensgefährten, der sich im Club gerne ans Andreaskreuz hängen ließ. Gregor schien Jerko ganz gut zu kennen, denn er umarmte ihn. „Er ist stabil."

„Sein Bein?"

„Es tut mir wahnsinnig leid, aber wir konnten es nicht erhalten. Ich musste es amputieren."

Jerko schluchzte auf.

„Es tut mir so leid", wiederholte Gregor. Auch er schien verzweifelt zu sein. Igor wunderte sich nicht, dass der Chirurg das Bein hatte abnehmen müssen, so wie es ausgesehen hatte, als er Damian unter dem SUV hervorgezogen hatte.

„Was ist mit seinem Gesicht?", fragte Jerko an einen anderen Arzt gewandt.

„Es sieht ganz gut aus. Jetzt ist die rechte Seite noch blutunterlaufen, angeschwollen und Narben bleiben natürlich auch zurück. Aber es ist nicht deformiert. Wir haben ein Orbita-Implantat aus Hydroxyapatit eingesetzt und konnten das Implantat sogar an die Muskeln fixieren. Später kann man dann ein Kunstauge einsetzen."

Was zum Teufel bedeutete das, fragte sich Igor. Konnten diese überheblichen Mediziner nicht so sprechen, dass man sie auch verstand?

Jerko schwankte leicht und Samuel griff sofort nach seiner Hand. „Hauptsache, er überlebt den Unfall und wird wieder gesund. Wir helfen ihm. Du und ich, wir sind für ihn da. Damian muss das nicht allein durchstehen."

Ohne sich von Igor zu verabschieden, folgten Jerko und Samuel den Ärzten durch die Schwingtür, um nach Damian zu sehen, der im Aufwachraum lag. Igor blickte ihnen hinterher. Er verstand das alles, natürlich nahmen sie ihn gar nicht wahr, weil sie mit sich selbst und ihrem Schmerz beschäftigt waren. Und keiner von ihnen konnte ja ahnen, wie groß der Schmerz in Igors Brust war.

Jeden Tag ging Igor ins Krankenhaus und erkundigte sich nach Damian. Er war ja nicht mit ihm verwandt und erhielt daher keine Auskunft. Man teilte ihm nur mit, dass Damian auf Intensivstation sei und er ihn dort nicht besuchen dürfe. Igor erwog, Jerko oder Samuel anzurufen, um sich nach Damian zu erkundigen, doch er entschied sich dagegen. Aufdringlich wollte er nicht sein.

„Wie geht es Damian?", fragte Theodor, als er drei Tage nach dem Unfall im Anschluss an einen erfolglosen Besuch im Krankenhaus die Tür zum *Dusters* aufschloss. Theodor war bereits seit dem frühen Nachmittag dort, um die Handwerker zu beaufsichtigen, die einige kleine Reparaturen im Club durchführten.

Igor zuckte mit den Schultern. „Er ist noch auf der Intensivstation. Mehr habe ich nicht erfahren."

„Dann rufe ich jetzt sofort Samuel an." Theodor schüttelte den Kopf. „Ich bin schon ein wenig enttäuscht darüber, dass Samuel und Jerko sich nicht gemeldet haben. Sie können sich doch denken, wie besorgt wir sind."

„Das ist normal. Die beiden sind mit ihren eigenen Problemen mehr als ausgelastet." Igor hängte seine Jacke auf, während Theodor Samuels Nummer wählte. Hoffentlich ging es Damian den Umständen entsprechend gut. Während der vergangenen drei Nächte hatte Igor kaum ein Auge zugetan.

„Hör zu, Samuel", rief Theodor erbost in den Hörer. „Wir sitzen seit drei Tagen auf glühenden Kohlen und keiner von euch beiden hält es für nötig, uns zu informieren. Wir machen uns auch Sorgen."

Was Samuel auf der anderen Seite der Leitung sagte, konnte Igor nicht hören, so sehr er auch seine Ohren spitzte. Er ging davon aus, dass Samuel sich wortreich entschuldigte.

„Igor war jeden Tag im Krankenhaus, aber er durfte Damian nicht sehen und eine Auskunft hat er natürlich auch nicht bekommen."

Igor fand es zwar nicht unbedingt notwendig, dass Theodor das erwähnte, aber wenn es half, Informationen zu bekommen, war es ihm recht.

„In Ordnung. Gut. Dann schicke ich ihn gleich." Theodor steckte sein Handy zurück in die Hosentasche. „Damian wird gerade auf die Normalstation verlegt. Samuel und Jerko sind bei ihm. Und du sollst auch gleich zurück in die Klinik fahren, dann kannst du ihn besuchen."

„Das ist doch nicht notwendig. Und ich habe noch so viel Papierkram auf dem Schreibtisch liegen", wehrte Igor ab.

Wortlos nahm Theodor seine Jacke vom Haken, drückte sie ihm in die Hand und schob ihn aus der Tür. „Das kann alles warten."

Natürlich konnte es das. So schnell er nur konnte, fuhr Igor zurück ins Krankenhaus. Keine zehn Pferde hätten ihn davon abgehalten, sofort zu Damian zu fahren, aber er wollte zumindest versuchen, den Schein zu wahren. Theodor musste ja nicht wissen, was er für Damian empfand. Keiner sollte davon wissen, am wenigsten Damian selbst.

ERSATZTEILE

Als Damian am frühen Morgen die Augen aufschlug, hatte er es kurz vergessen. Einen Moment lang fühlte es sich an, wie ein ganz normaler Tag. Doch dann realisierte er den pochenden Schmerz im Kopf und im Bein, in seinem rechten Bein. Er schlug die Decke zurück und starrte fassungslos den verbundenen Stumpf an. Wieso fühlte es sich an, als würde jemand Messer in seinen Unterschenkel rammen? Wo war dieser Unterschenkel? Damian sah ihn zerfetzt in einer Tonne liegen, in der blutende Arme und Beine in wildem Durcheinander aufeinandergestapelt waren. Fliegen schwirrten über den Gliedmaßen und ließen sich auf den Wunden nieder. Er musste würgen und schlagartig überrollten ihn die Verzweiflung, die Wut und die Hilflosigkeit, in der er gefangen war, seit sein Bruder ihm am Vortag auf der Intensivstation klargemacht hatte, dass er ein Auge und ein Bein verloren hatte. Ein Knochensplitter hatte seinen Augapfel durchbohrt und das Bein war unter den Reifen eines PKWs geraten. Warum war er nicht gestorben? Dann wäre er einfach weg und müsste weder die Schmerzen noch die Verzweiflung spüren.

„Guten Morgen, Herr Zadnik", flötete eine Schwester mit völlig unangebrachter Fröhlichkeit in der Stimme. Sie schob ihm ein Fieberthermometer in den Mund und drückte auf einen Knopf, worauf die Manschette, die sich an seinem linken Oberarm befand, aufgeblasen wurde. „Wir kommen gleich noch zum Waschen. Und nachher ist Visite. Vielleicht können Sie schon auf die Normalstation verlegt werden." Das klang so freudig erregt, als sei er dabei, sich für die Olympischen Spiele zu qualifizieren. Für die Paralympischen Spiele korrigierte er sich selbst in Gedanken.

Einige Zeit später kam sie mit einer Kollegin zurück und das entwürdigende Ritual der Körperpflege begann. Am Vortag war er noch zu benebelt gewesen, um die Demütigung vollumfänglich zu empfinden. Doch an diesem Tag lenkten ihn allenfalls die körperlichen Schmerzen vom Schmerz der Erniedrigung ab. Aus seinem Penis ragte ein Schlauch, der in einem Beutel steckte. Hellgelbe Flüssigkeit stand in dem Schlauch und tropfte in einen durchsichtigen Beutel, den die Schwester wieder ans Bett hängte, nachdem sie die Flüssigkeit in einen großen Messbecher entleert hatte. Das Plätschern seines Urins in den Plastikbecher schmerzte in Damians Ohren.

Nachdem die Schwester ihn von den Schläuchen und Manschetten an seinen Arm befreit hatte, durfte er sich zumindest selbstständig die Zähne putzen und das Gesicht waschen. Allerdings zitterten seine Hände dabei so, dass er die Nierenschale vom Bett stieß.

„Entschuldigung", presste er hervor, als die Schwester die Schale wieder aufhob und die ausgelaufene Schweinerei aufwischte. Das konnte und wollte er nicht ertragen. Er würde der Sache ein Ende bereiten. Sobald er körperlich dazu in der Lage war, würde er diese unwürdige Situation beenden.

„Kein Problem, Herr Zadnik. Morgen wird es Ihnen schon besser gehen. Haben Sie noch Schmerzen?" Sie zeigte auf einen Druckknopf, der von dem Galgen über seinem Bett hing. „Sie haben eine Schmerzpumpe. Bei Bedarf können Sie auf den Knopf drücken, dann bekommen Sie automatisch ein Medikament. Gestern habe ich Ihnen das auch schon gezeigt. Allerdings waren Sie da noch ziemlich schläfrig und haben es vielleicht schon vergessen."

Damian nickte und drückte auf den Knopf. Er konnte sich an nichts erinnern. Schmerzmittel klang gut. Hoffentlich war es stark und betäubte auch die Schmerzen, die der Gedanke an seine Zukunft auslöste.

„Wie fühlst du dich?", fragte Gregor. Er schob sich einen Stuhl ans Bett und sah Damian prüfend an.

„Es könnte besser sein."

„Schmerzen?"

„Es geht."

Gregor rieb sich die Stirn. „Es tut mir wahnsinnig leid, dass ich dein Bein nicht retten konnte."

„Du kannst ja nichts dafür. Jerko hat mir gesagt, dass es völlig zermatscht war." Natürlich hatte Damian sich schon ein paarmal gefragt, ob ein anderer Operateur das Bein vielleicht hätte retten können. Laut ausgesprochen hatte er es nie, doch Jerko hatte ihm versichert, dass nichts zu retten war. Vermutlich kannte er die nagenden Fragen, die einen Patienten nach einem Unfall zermürbten. Deshalb hatte er ihm wohl auch die schrecklichen Fotos gezeigt, die vor der Operation von ihm geschossen worden waren, worauf Damian sich erbrochen hatte.

„Wenn der Stumpf gut verheilt ist, wird eine Prothese angepasst."

„Klasse. Ein Holzbein war schon immer mein Traum."

Gregor ignorierte seinen Einwurf und fuhr fort: „Allerdings muss das andere Bein erst richtig belastbar sein. Vorher geht es nicht."

„Und wie lange wird das dauern?", fragte Jerko, der sich an die Fensterbank lehnte. So etwas machte er sonst nie. Normalerweise stand er aufrecht wie ein Baum. Doch seit Damian ihm mit seiner Unvernunft einen Dolch zwischen die Rippen gestoßen hatte, wirkte er, als könne ein leichter Windhauch ihn umhauen. Den Anblick seines Bruders konnte Damian kaum ertragen. Das Entsetzen in seinen Augen spiegelte sein eigenes Empfinden wider.

„Mindestens zwei Monate. Und während dieser Zeit wirst du Hilfe brauchen, Damian."

Das musste Gregor ihm nicht noch unter die Nase reiben. Ihm war klar, dass ein verdammter Pflegefall aus ihm geworden war.

„Wir kümmern uns um ihn", versicherte Jerko.

Gregor drehte sich zu Jerko um. „Hilfe braucht ihr trotzdem. Du kannst deinen Job ja nicht an den Nagel hängen."

Damian biss die Zähne zusammen. Warum mussten die beiden nur über ihn reden, als sei er nicht anwesend oder als habe er mit dem Bein und dem Auge auch noch den Verstand verloren?

Es klopfte an der Tür. Igor streckte den Kopf herein. „Störe ich?"

„Nein", antwortete Jerko. „Komm nur rein."

Damians Kiefer knirschte. Ganz offensichtlich war es nicht seine Entscheidung, wer in seinem Krankenzimmer willkommen war. Igor trat ein und ging schnurstracks auf sein Bett zu, ohne die anderen eines Blickes zu würdigen. Vor dem Bett ging er in die Hocke und griff nach Damians Hand. „Ist es dir recht, dass ich dich besuche?"

Damian entspannte sich ein wenig. Im Gegensatz zu dem schmerzerfüllten Ausdruck in Jerkos Augen, Gregors mitleidigem und Samuels analytischem Blick, sah Igor ihn einfach nur ruhig an. Wie immer. So, als sei er noch der Damian, der zu Gast in seinem Club war. „Ja, natürlich", sagte er.

Igor erhob sich aus der Hocke, begrüßte Jerko und stellte sich in die Ecke des Krankenzimmers.

„Dass wir Hilfe brauchen, ist mir klar", setzte Jerko das Gespräch fort. „Wir können einen Pflegedienst beauftragen oder eine Pflegerin einstellen."

Damians Hals schnürte sich immer enger zusammen. Er sah sich nackt in seinem Zimmer liegen, mit einer schwarzen, leeren Augenhöhle und einem verschrumpelten Beinstummel. Eine Frau fummelte mit einem Waschlappen an ihm herum und er war unfähig auch nur einen Finger zu rühren. Sein Magen zog sich zusammen und stülpte sich um. Er hatte sich geschworen, sich niemals von einer Frau anfassen zu lassen. Die letzten Tage im Krankenhaus waren schon ein Alptraum gewesen. Doch die Vorstellung in seinem Zimmer von einer Frau gewaschen zu werden, während nebenan Jerko und Samuel lautstark Sex hatten, ließ ihn würgen.

Rasch griff Gregor nach einer Nierenschale und hielt Damians Kopf hoch. „Das sind wahrscheinlich die Schmerzmittel", sagte er und wischte Damian das Erbrochene aus dem Gesicht. Dann wandte er sich wieder Jerko zu. „Ralf arbeitet doch in der Krankenpflegeschule. Er kann dir sicher helfen, eine qualifizierte Pflegerin zu finden, die sich um Damian kümmert, während ihr arbeitet."

Erneut stülpte sich Damians Magen um. Würde man ihn für den Rest seines Lebens wie ein Kleinkind behandeln? Er wollte nur noch sterben. Verzweifelt schloss er die Augen. Warum konnte sein Herz nicht genau jetzt einfach aussetzen und alles wäre vorbei?

Als er die Augen wieder öffnete, hockte Igor neben seinem Bett. Diesmal sah er wütend aus. Warum war er wütend? Mit leiser Stimme sagte er: „Wenn du mir erlaubst, Damian, kann ich dir auch einen Vorschlag machen."

Damian nickte schwach. Es war ihm peinlich, dass Igor ihn so derangiert und verschmiert mit seinem eigenen Erbrochenen sah. Er kannte ihn doch nur als Sonnyboy, der lächelnd und gut gekleidet Männer in seinem Club aufriss.

„Meine Schwester ist Krankenpflegerin. Sie hat zwar keinen Abschluss, aber du brauchst ja nur ein wenig Hilfe, bis du wieder auf den Beinen bist. Du könntest zu uns ziehen. Wir haben genügend Platz, Hana ist fast immer zu Hause und ich bin tagsüber auch meistens da. Dann wärst du nicht allein."

Bevor Damian antworten konnte, sagte Jerko: „Das ist ein sehr freundliches Angebot, Igor. Aber Samuel und ich kümmern uns schon um Damian."

Igors Augen flackerten. Die unterdrückte Wut, die von ihm ausging, hing greifbar in der Luft.

Als habe Samuel seinen Namen gehört, betrat er in diesem Moment nach einem kurzen Klopfen das Zimmer. Mitten im Raum blieb er stehen und starrte mit großen Augen auf Igor, der noch neben Damians Bett hockte. Natürlich hatten Samuels feine Antennen die angespannte Atmosphäre wahrgenommen. Er kam noch einen Schritt näher und sah Damian an.

„Oh, Schatz!", rief er. Im Gegensatz zu allen anderen im Raum, konnte Damian Samuel nichts vormachen. Ihm war sofort klar, wie miserabel Damian sich fühlte. Samuel ging um das Bett herum, schlug die Decke zurück, streifte die Schuhe ab, kletterte hinein und schlang seine Arme um ihn. Als Samuel ihn berührte, war es mit Damians Selbstbeherrschung vorbei. Er vergrub sein Gesicht in Samuels Kaschmirpullover und fing an zu schluchzen. Samuel drückte ihn an sich und schirmte ihn von den Blicken der anderen ab. Kaum hatten die ersten Tränen sein Auge verlassen, das eine Auge, das er noch hatte, und über die eine Wange lief, die nicht unter einem dicken Verband verborgen war, brach alles aus Damian heraus. Die ganze Angst, der Schmerz, die Schuldgefühle, die er gegenüber seinem Bruder hatte, alles bahnte sich einen Weg an die Oberfläche. Samuel strich ihm über den Rücken und hielt ihn fest, bis alles ihn verlassen hatte und eine dumpfe Leere in ihm zurückblieb.

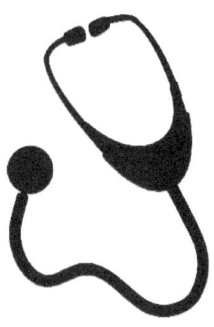

EIN ANGEBOT

Langsam erhob sich Igor aus der Hocke und beobachtete, wie Samuel zärtlich über Damians zuckende Schultern strich und ihm tröstende Worte zuflüsterte. Nur schwer konnte er sich von diesem Anblick losreißen. Er drehte sich zu Jerko um. „Ich gehe dann mal", sagte er leise.

Gregor erhob sich ebenfalls und verließ gemeinsam mit ihm den Raum. „Was für eine Scheiße", murmelte Gregor auf dem Flur, nickte Igor zum Abschied zu und eilte davon. Langsam folgte Igor ihm, fuhr mit dem Aufzug in die Eingangshalle des Klinikums und ging zu seinem Auto. Wie gern hätte er Damian in den Arm genommen, um ihn zu trösten. Doch das wäre unangemessen gewesen. Schließlich kannte Damian ihn kaum, und Igor hatte gemerkt, wie unangenehm es Damian schon gewesen war, dass er ihn in der verletzlichen Lage gesehen hatte, in der er sich befand. Samuel war schon der richtige Mann, um zu Damian durchzudringen. Obwohl die beiden nicht mehr zusammen waren, spürte man die Nähe und Verbundenheit. Als Samuel und Damian ein Paar gewesen waren, hatte Igor das mit Wohlwollen beobachtet. Er hatte gespürt, wie gut Samuel Damian

getan hatte. Und nur das wünschte er sich: Damian sollte
es gut gehen. Igor hoffte, dass Damian irgendwann seine
Dämonen besiegen würde, und war traurig gewesen, als
die Beziehung zwischen Samuel und Damian zerbrochen
war, denn es zeigte ihm, dass die Abgründe in Damian
Leben wieder aufklafften. Igor wusste nicht, was Damian
erlebt hatte, doch es musste etwas Schreckliches gewesen
sein, das ihn zerbrochen hatte. Und Igor erkannte, wenn
jemand traumatisiert war. Es war, als würde er in einen
Spiegel blicken.

Igor steckte den Parkschein in den Schlitz und wartete,
bis die Schranke oben war, bevor er den Wagen vorsichtig
aus dem engen Parkhaus lenkte. Er war froh, dass Samuel
sich um Damian kümmerte und dass Damian wiederum
Samuels Hilfe annehmen konnte. Jerko war im Moment
keine große Hilfe für Damian. Igor sah Damians zuckende
Schultern vor sich, als er sich schluchzend an Samuel
geklammert hatte. In Igors Gedanken war es seine und
nicht Samuels Hand, die zärtlich über Damians Nacken
streichelte. Er konnte die warme, weiche Haut unter
seinen Fingern spüren. Er wusste, wie sie sich anfühlte.
Niemals würde er das vergessen.

Igor schüttelte den Kopf, als er an die Rolle dachte, die
er an diesem Nachmittag gespielt hatte. Er ärgerte sich
über sich selbst, dass er den bescheuerten Vorschlag
gemacht hatte, Damian zu sich zu holen. Da hatte er völlig
unkontrolliert seinen eigenen Wunsch geäußert. Doch es
war kaum auszuhalten gewesen, wie Jerko und Gregor
über Damians Kopf hinweg Dinge besprachen, die sie
eigentlich nichts angingen. Damian war erwachsen.
Erneut stieg Wut in Igor hoch, als er daran dachte, wie
sehr sie Damian damit gedemütigt hatten. Igor hatte in
Damians Augen gesehen, wie groß der Schmerz gewesen
war. Jerko meinte es ja gut. Doch indem er seinen Bruder

wie ein kleines Kind behandelte, verletzte er ihn. Das hatte Igor nicht ertragen und daher diesen völlig vermessenen Vorschlag gemacht. Allerdings hatte Jerko ihn sofort in seine Schranken verwiesen und den Vorschlag abgelehnt. Igor biss sich auf die Lippen. Er sollte Damian nicht mehr besuchen. Seine Anwesenheit war auch keine Hilfe für Damian.

Damian hatte sich ein wenig beruhigt. Es war aus ihm herausgebrochen, wie aus einem Vulkan. Jetzt atmete er nur noch schwer an Samuels Brust. Jerko tigerte unruhig im Zimmer auf und ab.

„Schatz, sei so lieb und hole uns einen Kaffee", bat Samuel. „Aber bitte einen richtigen Kaffee aus Bertas Bude. Für mich einen *Caramel Macchiato*." Er strich Damian über den Rücken. „Was möchtest du? Auch so einen? Vielleicht tut dir etwas Süßes gut."

Damian nickte in seinen Pullover hinein.

Jerko rauschte aus dem Zimmer. Die Erleichterung war ihm anzusehen. Samuel seufzte. Sein Partner kam mit der Situation überhaupt nicht zurecht. Er machte sich Vorwürfe, wobei Samuel nicht verstand, wie Jerko auch nur auf die Idee kommen konnte, in irgendeiner Form für den Unfall verantwortlich zu sein. Es lag wohl in der Natur der schwierigen und viel zu engen Beziehung zwischen den Brüdern. Egal was war, Jerko fühlte sich für seinen kleinen Bruder verantwortlich. Der Unfall und die Angst davor, wie Damian mit dem Verlust seines Auges und Beines umgehen würde, lähmten Jerko so sehr, dass er Damian kaum ansehen konnte. Und damit war er natürlich für Damian keine Hilfe. Was Damian jetzt brauchte, waren Menschen, die zu ihm standen, die ihm zeigten, dass sie ihn liebten und dass er sich in ihren Augen nicht verändert hatte. Stattdessen behandelte Jerko Damian wie ein kleines Kind.

Samuel fuhr ihm durch die Haare. „Geht es wieder?"

Damian rückte ein Stück von ihm ab. „Ich habe deinen teuren Pullover ruiniert."

„Heulst du Teer? Ansonsten müsste er das überstehen." Samuel strich ihm die Tränen von der Wange, beugte sich vor und küsste ihn zart auf den Mund. „Komm, wir machen dich ein bisschen frisch, bevor dein völlig durchgeknallter Bruder zurückkommt." Damian so verzweifelt zu erleben, brachte all die Gefühle, die Samuel noch immer für ihn hegte, wieder hoch. Am liebsten hätte er ihn einfach in den Arm genommen und ihn, solange wie es nur möglich war, von der harten Realität, der Damian sich nun stellen musste, abgeschirmt. Doch seine zärtliche Fürsorge nützte Damian nichts, das hatte sie auch schon nicht getan, als sie ein Paar gewesen waren. Damian brauchte etwas anderes, Samuel wusste nur nicht, was das war.

„Schon wieder habe ich es vermasselt", sagte Damian heiser. „Ich habe meinen Bruder enttäuscht und ihm das Leben versaut."

„Damian, wenn du schon ein Leben versaut hast, dann dein eigenes. Jerko muss sich selbst um sein Leben kümmern. Und dein Leben kriegst du auch wieder in den Griff. Es wird hart und es wird anders, aber du schaffst das." Samuel stand auf, holte einen Waschlappen, ein Handtuch und eine Bürste aus dem Bad. Er reichte Damian den Lappen.

Nachdem Damian sich gewaschen und gekämmt hatte, half Samuel ihm, sich im Bett aufzurichten, so gut das eben ging, da sein noch vorhandenes Bein mit Metalldrähten gespickt auf einer Schiene lag. Dann setzte er sich wieder neben ihn aufs Bett und legte den Arm um ihn. An der Art, wie Damian seinen Kopf an ihn lehnte, merkte Samuel, dass ihm die Nähe guttat.

Jerko schien etwas ruhiger geworden zu sein, als er mit drei Bechern bewaffnet wieder ins Zimmer kam. Er rückte einen Stuhl ans Bett heran, setzte sich neben sie und legte seine Hand auf Samuels Oberschenkel. Offensichtlich brauchte auch er ein wenig Körperkontakt zur Beruhigung.

Schweigend tranken sie ihren Kaffee.

„Wie kommt Igor nur auf die Idee, Damian könnte zu ihm ziehen?", unterbrach Jerko irgendwann die Stille.

„Hat er das wirklich vorgeschlagen?", fragte Samuel.

„Ja, kurz bevor du vorhin ins Zimmer gekommen bist, hat er das Angebot gemacht. Seine Schwester ist wohl Krankenpflegerin. Ich wusste gar nicht, dass er eine Schwester hat."

„Sie heißt Hana und ist sehr nett, ruhig und zurückhaltend. Igor ist einige Jahre jünger als sie und genau wie ihr beide, wohnen Igor und Hana zusammen."

Jerko schüttelte den Kopf. „Ja sicher, das Angebot ist sehr großzügig, aber es ist doch klar, dass wir uns um Damian kümmern."

„Liebling, ich weiß, du meinst es nur gut, aber das ist nicht deine Entscheidung. Was sagst du denn dazu, Damian?"

„Besonders gut kenne ich Igor nicht." Damian trank einen Schluck Kaffee. „Warum besucht er mich eigentlich?"

„Igor war es, der dich unter dem Geländewagen herausgezogen hat."

„Dann hat er mich also auch völlig zermatscht gesehen." Damian musste kurz würgen, als er an die Fotos von sich selbst dachte, die Jerko ihm gezeigt hatte.

„Igor ist gut mit meinem Bruder Benedikt befreundet und in Ordnung. Er ist absolut zuverlässig und loyal. Allerdings redet er sehr wenig. Man weiß nie genau, was er denkt."

Jerko schleuderte seinen leeren Kaffeebecher in den Mülleimer. „Halt die Klappe, Samuel und misch dich da nicht ein. Ich werde Damian mit Sicherheit nicht zu einem Wildfremden ins Haus geben, wenn wir uns um ihn kümmern können."

„Hör mir mal genau zu, mein Schatz." Samuel bemühte sich um eine dicke Schicht Puderzucker auf seiner Stimme. „Meine Klappe halte ich bestimmt nicht. Damian ist übrigens anwesend. Und er ist nicht verblödet. Du kannst ganz normal mit ihm sprechen und er wird auch die Entscheidung, wo er wohnt, selbst treffen."

Schnaubend stapfte Jerko aus dem Zimmer und schmiss die Tür hinter sich ins Schloss.

Damian zuckte zusammen, als die Tür mit einem lauten Knall zuschlug. Das war mehr, als er in seiner momentanen Situation ertragen konnte.

„Es tut mir leid", flüsterte Samuel, dem das natürlich nicht verborgen geblieben war.

Stöhnend schloss Damian das Auge und rückte von Samuel ab. „Bitte, geh ihm hinterher. Ich möchte nicht auch noch schuld daran sein, dass eure Beziehung in die Brüche geht."

„Ach, so zerbrechlich ist die nicht. Jerko kriegt sich schon wieder ein."

„Bitte, Samuel, lass mich allein."

Zögernd stand Samuel auf. „Bis später", sagte er und schloss die Tür betont leise hinter sich.

Damian atmete tief durch, als er endlich allein war. Jerko und Samuel streiten zu hören, war noch schlimmer als ihr Stöhnen beim Sex. Die Vorstellung ans Bett gefesselt in seinem Zimmer zu liegen, sich von seinem Bruder bevormunden zu lassen und den beiden ständig einen Grund zum Streiten zu liefern, war kaum auszuhalten. Und dabei hatte er wirklich genügend eigene Probleme. Zunächst einmal musste er sich darüber klar werden, ob er unter diesen Umständen sein Leben wirklich wieder in den Griff bekommen konnte. Samuel war sich da so sicher. Er selbst bezweifelte es. Und für wen sollte er diese Anstrengungen auf sich nehmen? Außer seinem Bruder und vielleicht noch Samuel gab es niemanden, der ihn vermissen würde. Wäre es für die beiden nicht leichter, wenn er seinem Leben ein Ende setzen würde? Natürlich wäre Jerko erst einmal wütend und traurig, aber dann konnte er sein Leben ohne diesen Klotz am Bein, der Damian schon immer gewesen war, weiterleben. Vielleicht war die Idee, erst einmal zu Igor zu ziehen, gar nicht so schlecht. So konnte er sich allmählich aus Jerkos Leben schleichen. Dann fehlte er schon nicht mehr in Jerkos Alltag und wenn er dann ganz weg war, blieb kein größeres Loch in seinem Leben.

Igor hatte nicht mehr ins Krankenhaus fahren wollen. Und doch stand er schon wieder vor dem Zimmer. Eine Krankenpflegerin schob einen Wagen an ihm vorbei und grüßte ihn freundlich. Man kannte ihn hier schon. Machte er sich nicht lächerlich? Und wenn schon. Er hatte schlimmere Demütigungen hinter sich und es war nichts gegen das, was Damian noch vor sich hatte. Er würde ihm so gerne beistehen. Und das Einzige was er tun konnte, war ihm durch seine Besuche zu zeigen, dass er an ihn dachte. Er klopfte an die Tür.

„Herein."

Igor atmete erleichtert auf. Damian war allein. Er mochte und schätzte Jerko, aber an Damians Krankenbett verbreitete er eine Unruhe, die nur schwer zu ertragen war. „Störe ich dich?"

„Ich wüsste nicht wobei."

Wie bei seinem letzten Besuch verdrückte sich Igor in die äußerste Ecke des Zimmers. „Wie geht es dir?"

„Beschissen."

Klar, warum stellte er auch so dämliche Fragen, dachte Igor.

„Du kannst ruhig näher rankommen. Ich bin nicht ansteckend."

Igor nahm sich einen Stuhl, rückte ihn ans Bett und setzte sich. Und nun? Er war kein großer Künstler der Unterhaltungsbranche. Worüber sollte er mit Damian sprechen? Smalltalk war eher nicht angebracht, selbst wenn er in der Lage gewesen wäre, solche Unterhaltungen zu führen.

Damian sah ihn an. „Du hast mich also vom Asphalt gekratzt?"

Igor nickte.

„Das war sicher kein schöner Anblick."

„Ich habe schon Schlimmeres gesehen", rutschte es Igor heraus. Sofort ärgerte er sich. Was für ein bescheuerter Kommentar! Außerdem redete er nicht über die Dinge, die damals geschehen waren. Davon hatte er noch nie jemandem erzählt. Warum platzte er jetzt ausgerechnet Damian gegenüber mit dieser völlig unangebrachten Bemerkung heraus?

Damians verbliebenes Auge weitete sich, doch er sagte nichts. Sie schwiegen sich eine Weile an und Igor beruhigte sich wieder. Damian würde nicht nachbohren. Igor war sich sicher, dass auch Damian Dinge in seiner Vergangenheit vergraben hatte, die sich gelegentlich einen Weg an die Oberfläche bahnten. Doch genau wie er selbst, beherrschte Damian die Fähigkeit, diese Dämonen sofort wieder zu verbannen. Igor musste ihm nur in die Augen sehen, um das zu spüren. Damian würde auch Igors Dämonen ruhen lassen.

„Du hast mir gestern ein Angebot gemacht", durchbrach Damian schließlich die Stille. „War das ernst gemeint?"

Eine Flamme loderte in Igors Herzen auf. „Ja, das war es."

„Ist deine Schwester denn damit einverstanden?"

„Sie macht es gerne", log Igor. Natürlich hatte er sie nicht gefragt, denn er hatte nicht im Traum damit gerechnet, dass Damian sein Angebot annehmen könnte. Allerdings war Igor sich absolut sicher, dass Hana sich gut um Damian kümmern würde. Erstens würde Hana alles für ihren Bruder tun und zweitens wäre sie glücklich, endlich einmal wieder ihrem eigentlichen Beruf nachgehen zu dürfen.

„Danke für das großzügige Angebot. Ich verstehe zwar nicht, warum du es mir machst, aber ich möchte es gerne annehmen. Mein Bruder meint es nur gut, aber er macht mich wahnsinnig. Und ich muss erst einmal mit mir selbst klarkommen. Ich weiß überhaupt nicht, was noch auf mich zukommt und ich habe wirklich Angst. Ich schaffe es einfach nicht, mich jetzt auch noch mit der Angst auseinanderzusetzen, die mein Bruder hat."

„Ich freue mich, dass du zu uns kommst", sagte Igor mit belegter Stimme. Er hätte gerne nach Damians Hand gegriffen, um zu bekräftigen, wie glücklich er darüber war, Damian bei sich zu haben. Doch er hielt sich zurück. Er wollte Damian in keiner Weise bedrängen oder mit seinen Gefühlen belasten. Was Damian jetzt brauchte, war Freiraum, um sich um sich selbst zu kümmern. Er musste sich unter den veränderten Bedingungen erst wiederfinden und dabei durfte Igor ihn nicht stören.

„Verdammte Scheiße, ich will das nicht", fluchte Jerko aufgebracht.

„Jetzt rege dich doch nicht so auf." Samuel holte zwei Gläser aus dem Schrank und nahm die Flasche Rotwein, die sie am vergangenen Wochenende geöffnet hatten. Das war noch vor dem Unfall gewesen. „Setzt dich erst mal aufs Sofa und trink einen Schluck."

Jerko ließ sich auf das Polster fallen. „Was für eine bescheuerte Idee! Damian gehört hierher. Das ist sein Zuhause."

„Das ändert sich doch auch nicht." Samuel reichte ihm ein gefülltes Glas.

Einen Moment lang sah Jerko das Glas an. „Scheiße", fluchte er erneut und schleuderte das Glas gegen die Wand.

Samuel zuckte zusammen und starrte auf die Scherben und die roten Flecken auf der weißen Tapete. Was für eine Sauerei! Die Flecken würden sie in zwei Jahren noch an diesen Nachmittag erinnern. Einfach nur überstreichen half da sicher nicht.

Jerko schlug die Hände vors Gesicht. „Warum ist das nicht mir passiert? Warum musste es Damian treffen? Ich wollte immer nur, dass es ihm gutgeht und dass er glücklich ist. Warum schaffe ich das nicht?"

Samuel kniete sich vor ihn hin und legte seine Hände auf Jerkos Oberschenkel. „Schatz, das liegt doch nicht in deiner Verantwortung. Und es war auch noch nie deine Aufgabe, Damian glücklich zu machen."

Jerko schluchzte leise.

Samuel fuhr an seinen Oberschenkeln nach oben und strich sanft über seine Mitte.

„Hör auf, Samuel. Danach ist mir jetzt überhaupt nicht."

Samuel machte weiter. Es würde Jerko guttun, sich fallen zu lassen. Seit dem Unfall war er so angespannt, dass Samuel befürchtete, Jerko würde zerreißen. Er hatte kaum noch geschlafen und nur wenig gegessen.

„Hör auf, habe ich gesagt." Unsanft schlug Jerko Samuels Hände weg.

Einen Moment lang wartete Samuel, dann schob er erneut die Hände auf Jerkos Oberschenkeln in Richtung seiner Mitte. Jerkos Urteilsvermögen war ziemlich getrübt. Er wusste nicht, was gut für Damian war und auch nicht, was das Richtige für ihn selbst war.

„Ich will das nicht", flüsterte Jerko, lehnte sich aber im Sessel zurück und ließ Samuel gewähren. Langsam öffnete Samuel Jerkos Gürtel und den Knopf, zog den Reißverschluss herunter und streichelte sanft über die Beule, die sich in der Boxershorts bildete, auch wenn Jerko das gar nicht wollte.

Gregor und Sebastian, der Spezialist für Gesichtschirurgie, der Damian operiert hatte, fanden sich zu einem Abschlussgespräch in seinem Zimmer ein. Igor war auch dabei und hörte aufmerksam zu. Jerko ließ sich nicht blicken. Seit Damian ihm eröffnet hatte, dass er nach seiner Entlassung erst einmal zu Igor und seiner Schwester ziehen würde, hatte er kaum noch mit ihm gesprochen. Es tat Damian leid, seinen Bruder schon wieder enttäuscht zu haben, doch er war froh, dass er bei dem Gespräch nicht dabei war. Ansonsten hätten die Chirurgen nur mit seinem Bruder gesprochen und sich nicht die Mühe gemacht, Damian in einer für ihn verständlichen Sprache zu erklären, wie es mit ihm weiterging.

„Eine Anschlussheilbehandlung macht keinen Sinn, solange du das gebrochene Bein schonen musst. Wenn du es wieder voll belasten kannst, empfehle ich dir eine Reha, damit du lernst, richtig mit der Beinprothese umzugehen", erklärte Gregor.

„Wie lange wird das dauern?"

„Nach etwa acht Wochen kann ich die Drähte entfernen. Dann kannst du anfangen, das Bein zu belasten."

„Ist es sinnvoll, wenn Damian in der Zwischenzeit Physiotherapie macht?", fragte Igor.

„In jedem Fall."

Damian richtete sich an Sebastian. „Was ist mit meinem Gesicht?" Seine Stimme zitterte ein wenig.

„Ich mache den Verband jetzt ab und wir schauen es uns an." Sebastian beugte sich über Damian und löste vorsichtig den dicken Verband, der noch immer Damians rechte Gesichtshälfte bedeckte. Panik stieg in Damian auf und ohne dass er es kontrollieren konnte, nestelten seine Hände unruhig an der Bettdecke. Eine große, warme Hand umschloss seine kalten Finger. Damian konzentrierte sich auf den sanften Druck dieser Hand und versuchte, sich in den Griff zu bekommen.

Es dauerte eine ganze Weile, bis Sebastian vorsichtig die Mullschichten entfernt hatte. Damian starrte Igor an und wartete darauf, dass Ekel oder Entsetzen sich auf seinem Gesicht spiegelten. Er wartete darauf, dass Igor seine Hand angewidert loslassen würde, dass ihm der Atem stockte oder sich seine Augen vor Schreck weiteten. Nichts dergleichen geschah. Weder der sanfte Druck, mit dem Igor seine Hand umschloss, noch sein gelassener Gesichtsausdruck änderten sich, als Damian schließlich ohne den Verband im Bett lag. Er fühlte sich so entblößt, als läge er komplett nackt vor den drei Männern, die auf sein Gesicht starrten.

Sebastian nickte zufrieden. „Sieht gut aus." Er griff nach dem Handspiegel, den er mitgebracht hatte. „Bist du bereit?"

Zaghaft nickte Damian. War er wirklich bereit dafür? Wäre es nicht besser, sein Gesicht für den Rest seines Lebens zu verhüllen? Warum gab es keine Burka für Männer?

„Natürlich ist das Gewebe noch blau und geschwollen. Das normalisiert sich wieder. Die Narben werden auch blasser. Momentan sieht das Auge noch ungewohnt aus." Er hielt Damian den Spiegel hin.

Damian schluckte und klammerte sich krampfhaft an Igors Hand. Das war jetzt also sein Gesicht? Blau und geschwollen war gar kein Ausdruck. Und dieses tote Auge! Schnell schloss er das Lid. Das ging glücklicherweise.

„Du musst das Implantat gut pflegen, die Schwestern werden dir zeigen, wie es geht. Außerdem geben wir dir noch eine Broschüre mit, in der alles Wichtige steht. Die Prothese wird dann so angefertigt, dass sie aussieht wie dein linkes Auge. Wir haben das Implantat in die Muskeln eingenäht, so dass es sich mit deinem anderen Auge mitbewegt."

Damian begann am ganzen Körper zu zittern.

Sebastian legte ihm die Hand auf die Schulter. „Wenn alles abgeheilt ist, wird man gar nicht mehr viel sehen." Seine Stimme klang sanft.

„Kannst du das Gesicht wieder abkleben?" Damian flehte ihn geradezu an.

„Es muss nicht mehr verbunden werden. Wenn die Wunden offenbleiben, heilen sie besser ab. Du kannst eine Augenklappe tragen, bis die Prothese fertig ist."

„Und wo bekomme ich so eine Klappe?"

„In Apotheken oder Sanitätshäusern."

Sobald die Ärzte das Zimmer verlassen hatten, bat Damian: „Kannst du mir bitte so eine Piratenklappe besorgen? Gleich, bitte. So kann ich hier nicht herumliegen."

Igor stand auf. „Natürlich. Ich kaufe sofort eine. Allerdings bin ich nicht der Meinung, dass du eine brauchst. Der Gesichtschirurg hat das wirklich gut hingekriegt."

„Ich bin ein beschissener Freak. Hol mir die Klappe", schrie Damian. Tränen schossen ihm in die Augen. Mit Verwunderung registrierte er, dass auch aus dem toten Auge Tränen liefen, jetzt wo es nicht mehr dick verbunden war. „So eine Scheiße! Es sieht nichts mehr, kann aber noch heulen." Er drehte das Gesicht von Igor weg. Das war alles so peinlich und demütigend.

Igor stand wortlos auf und ging. Kaum hatte er die Tür hinter sich geschlossen, brach ein Schrei aus Damian heraus. Er war ein Monster! Sein gutes Aussehen war alles gewesen, was er gehabt hatte. Das war es gewesen, was sein Leben lebenswert gemacht hatte. Die bewunderten Blicke anderer Männer und Frauen. Das Begehren, das er hatte auslösen können. Und jetzt? Man würde ihm noch immer hinterherstarren – allerdings aus Entsetzen und Mitleid. Niemals wieder würde ein Mann ihn küssen, sich an ihn drängen und ihn begehren. Tränen rollten über Damians Wangen und es ekelte ihn an, dass diese aus seinem leblosen, nutzlosen Auge flossen.

Etwa eine Stunde später kam Igor zurück. Er hatte drei verschiedene Augenklappen und einen Handspiegel dabei. Damian griff nach der Klappe, die seiner Meinung nach am meisten verdeckte und setzte sie auf.

„Darf ich?", fragte Igor und rückte die Klappe zurecht, nachdem Damian genickt hatte. Er kniff die Augen zusammen und betrachtete Damian. „Das sieht sehr verwegen aus."

Eine Weile schwiegen sie sich an. „Ist es für Hana wirklich in Ordnung, dass ich Morgen zu euch komme?"

Igor nickte. „Sie hat alles vorbereitet und freut sich auf dich."

„Hoffentlich erschreckt mein Anblick sie nicht."

„Mit Sicherheit nicht." Igor sah ihn mit einem seltsamen Gesichtsausdruck an.

Damian hatte ziemliche Bauchschmerzen, wenn er an Hana dachte. Schließlich würde sie sich um intime und peinliche Dinge wie seine Bettpfanne kümmern müssen. Was, wenn sie eine Schreckschraube war? Damian atmete tief durch. Eins nach dem anderen, dachte er. Und wenn er es nicht aushielt, würde er eben reumütig zu Jerko zurückkehren. Samuel hatte dieses Szenario sogar schon angesprochen. „Ich finde deine Entscheidung mutig. Vielleicht tut es dir gut, in einer anderen Umgebung zu sein, die nicht so viele Erinnerungen an die Zeit vor dem Unfall weckt", hatte er gesagt. „Dann kannst du dich besser auf die Zukunft konzentrieren. Und wenn es dir nicht gefällt, kommst du einfach zurück nach Hause."

Kurz nachdem Igor sich verabschiedet hatte, kamen Samuel und Jerko ins Zimmer. Jerkos Anwesenheit war wohl nicht ganz freiwillig, denn Samuel zog ihn an der Hand hinter sich ins Zimmer.

„Der Verband ist ja ab", rief Samuel überrascht und ließ Jerko los. „Mit der Augenklappe siehst du heiß aus." Er beugte sich vor und küsste Damian auf den Mund. Von wegen, kein Mann würde ihn mehr küssen, dachte Damian mit einer gewissen Bitterkeit. Nach ihrer Trennung hatten Samuel und er sich nicht mehr geküsst. Und seit er im Krankenhaus lag, erhielt er nun schon den zweiten Schmatzer von Samuel auf die Lippen. Damian war klar, was Samuel damit bezweckte. Er wollte ihm verdeutlichen, dass sein entstelltes Gesicht ihn nicht abschreckte und dass er ihn immer noch begehrenswert fand. Und seltsamerweise ging dieser Plan auch auf. Damian glaubte ihm. Er fühlte es, dass er in Samuels Augen noch derjenige war, in den er sich damals verliebt hatte. Trotzdem Samuel ein verwöhntes Söhnchen aus reichem Haus war und trotzdem er, bevor er sich auf die Zadnik-Brüder eingelassen hatte, keinen gutaussehenden Mann von der Bettkante gestoßen hatte, war Samuel alles andere als oberflächlich. Auch wenn er eine hübsche Fassade schätzte, sah er doch immer auch den Menschen dahinter. Samuels Gegenwart und sein Umgang mit ihm waren beruhigend, im Gegensatz zu Jerkos Anwesenheit. Jerko hatte ihn nur kurz angesehen und sein Gesichtsausdruck war ihm entglitten. Seither saß er an dem kleinen Tisch, der in der Ecke des Zimmers stand, und starrte die Tischplatte an.

„Sollen wir Morgen kommen und dich begleiten, wenn du abgeholt wirst?", fragte Samuel.

Damian beobachtete Jerko, der versuchte, mit dem Finger Kratzer von der Tischplatte zu wischen. „Besser nicht."

Samuel folgte seinem Blick. „Vermutlich hast du recht. Dann packe ich einen Koffer mit deinen Sachen und bringe ihn am Nachmittag direkt zu Igor."

„In Ordnung."

„Was soll ich einpacken?"

„Egal."

„Wenn dir noch etwas einfällt, was du brauchst, schicke mir eine SMS."

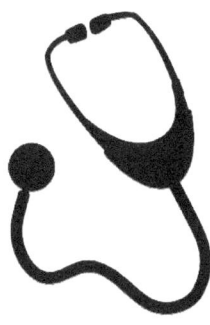

HANA

Am nächsten Vormittag wurde Damian von Sanitätern
auf einer Trage festgeschnallt und durch die
Krankenhausflure geschoben. Es fühlte sich beschissen
an, hilflos und in horizontaler Lage zwischen den
Menschen herumgekarrt zu werden. Gewöhn dich dran,
dachte Damian. Das ist jetzt dein Leben, der Krüppel, der
auf Hilfe von Fremden angewiesen ist. Er klammerte sich
an den Gedanken, dass er es in der Hand hatte, sich gegen
dieses Leben zu entscheiden. Er konnte zwar nicht zurück
in sein altes Leben, aber dieses Dasein musste er auch
nicht fristen. Er konnte die Sache beenden. Dieses kleine
Stück Freiheit war ihm geblieben. Igor ging neben ihm
her. Wie immer wirkte er ruhig und gelassen. Hoffentlich
war Hana ihrem Bruder in dieser Beziehung ähnlich.
Wenn sie wie ein aufgescheuchtes Huhn um ihn
herumwuselte, ihn die ganze Zeit vollquatschte und eine
aufgesetzte Fröhlichkeit an den Tag legte, würde er sofort
Jerko anrufen und darum bitten, ihn abzuholen. Und er
konnte sich darauf verlassen, dass Jerko innerhalb
kürzester Zeit auf der Matte stehen würde. So seltsam
Jerko sich auch benahm, Damian hatte keine Angst, dass
er ihn fallen lassen könnte. Eher würde Jerko sich die

Hand abhacken. Egal, welchen Mist Damian auch anstellte, Jerko war immer für ihn da.

Igor stand schon auf der Straße, als die Sanitäter ihn aus dem Transporter zogen. Damian blickte sich um. Sie standen vor einem schmiedeeisernen Gitter, hinter dem ein Kiesweg zu einer Stadtvilla aus der Gründerzeit führte. Der Vorgarten war ziemlich verwildert und Putz bröckelte an einigen Stellen von der Fassade des herrschaftlichen Hauses. Es hatte drei Stockwerke, war aber nicht besonders groß. Allerdings viel zu groß für Igor und seine Schwester, fand Damian. Die Sanitäter rollten ihn über die Kiesel und trugen ihn über die drei Stufen, die ins Haus führten. Igor dirigierte sie den Flur entlang in ein großes, helles Zimmer. Ein gut gefülltes Bücherregal bedeckte eine Wand und eine Couchgarnitur aus dunklem Leder stand darin. Wie ein Fremdkörper wirkte allerdings das Krankenhausbett mitten im Zimmer.

„Ich habe dein Bett ins Wohnzimmer stellen lassen. Solange du noch nicht mobil bist, dachte ich, dass es einfacher ist, als im oberen Stockwerk. Nebenan ist auch ein Badezimmer", erklärte Igor.

Damian nickte. War es wirklich eine gute Idee gewesen, hierher zu kommen? Er machte Igor und Hana viel zu viele Umstände. Außerdem fühlte er sich unwohl. Alles war ungewohnt und neu. Wäre es nicht einfacher gewesen, jetzt in seinem eigenen Zimmer zu liegen? Die Sanitäter wuchteten ihn von der Trage auf das Bett. So gut er konnte, half er mit. Wie jedes Mal, wenn die Bettdecke angehoben wurde, erschrak er, als er den verpackten Stumpf sah, der etwa in der Mitte seines Oberschenkels endete.

„Danke", sagte er an die Sanitäter gewandt. Suchend blickte er sich um. „Wo ist Hana?"

„Sie kommt gleich." Igor stand mit den Händen in den Hosentaschen neben dem Bett und wirkte etwas verloren. Bereute er sein Angebot etwa schon? Und warum war Hana nicht da, um ihn zu begrüßen? War sie doch nicht damit einverstanden, sich um ihn zu kümmern? Die Unruhe in Damian wuchs immer weiter. Was, um Himmels willen machte er hier?

Igor begleitete die Sanitäter nach draußen und kehrte dann zurück. „Ist alles in Ordnung? Brauchst du etwas? Hast du Durst?"

Damian schüttelte den Kopf. Sein Mund war völlig ausgetrocknet, doch er hatte Angst davor, etwas zu trinken. Dann würde er ja auch pinkeln müssen. In der professionellen Atmosphäre der Klinik war das doch noch etwas anderes gewesen. Wer würde jetzt seinen Pimmel in die Glasflasche stecken? Wo zum Teufel war Hana? Plötzlich wünschte er sich seinen Bruder her. Er wollte einfach nur, dass sein Bruder ihn in den Arm nahm. So wie früher, als er ein Kind gewesen war. Jerko hatte ihn immer getröstet und jahrelang hatte er nur schlafen können, wenn er in Jerkos Arm lag. Sein Bruder hatte ihn schon so lange nicht mehr umarmt. Und seit dem Unfall hatte Jerko ihn nicht ein einziges Mal berührt, noch nicht einmal seine Hand hatte er gehalten.

Igor räusperte sich. „Ich hole Hana."

Nicht heulen, beschwor sich Damian, nachdem Igor das Zimmer verlassen hatte. Er biss sich auf die Lippen. Du kannst jetzt nicht heulen! Heute Nacht geht das. Nachdem er aus der Narkose erwacht war und es zu ihm durchgesackt war, dass er ein Auge und ein Bein verloren hatte, verbrachte er jede Nacht mehrere Stunden damit, leise vor sich hin zu weinen. Aber das mussten Igor und seine Schwester, die offensichtlich nicht gerade begeistert davon war, dass er sich hier eingenistet hatte, ja nicht wissen.

Als die Tür wieder aufging und Igor mit einer Frau eintrat, war Damian noch immer damit beschäftigt, gegen seine Tränen anzukämpfen. Igor hatte den Arm um die Frau gelegt, die etwa zehn Jahre älter war als er selbst. Neben dem großen, muskulösen Igor wirkte die Frau klein und zerbrechlich. Sie trug einen braunen Rock, eine beigefarbene Bluse und wirkte angespannt. Eine kleine graue Maus, schoss es Damian durch den Kopf. Igor rückte ihr einen Stuhl ans Bett, sie setzte sich und streckte ihm die Hand hin.

„Hallo, ich bin Hana." Ihre Stimme war ziemlich tief für die zarte Gestalt und sie hatte einen sklavischen Akzent.

„Damian." Er nahm ihre Hand und erschrak. Erst jetzt sah er, dass ihre rechte Gesichtshälfte und der Hals von schweren Verbrennungen gezeichnet waren. Was war er nur für ein Idiot! Hatte er nicht ihrem Bruder gegenüber geäußert, er selbst sei ein Freak, weil sein Gesicht verunstaltet war! Wieso konnte er nicht auf der Stelle vom Erdboden verschluckt werden? Doch leider geschah gar nichts und er lag weiterhin wie ein Käfer auf dem Rücken auf dem Präsentierteller.

„Schön, dass du bei uns bist, Damian." Über Hanas Gesicht huschte ein scheues Lächeln. Es wirkte, als habe sie nicht viel Übung zu lachen. Und doch lag so viel Herzlichkeit darin, dass Damian sich augenblicklich entspannte. Er konnte nicht anders und lächelte zurück. Es war das erste Mal seit dem Unfall und fühlte sich unter der Augenklappe seltsam an. „Danke, dass du dich um mich kümmerst. Ich befürchte, dass ich dir in den kommenden Wochen ziemlich viel Arbeit machen werde."

Auch Hana entspannte sich sichtlich. Hinter ihr atmete Igor hörbar aus. Offensichtlich hatte auch er dieser Begegnung mit Skepsis entgegengeblickt. „Dann mache ich uns erst mal Kaffee", sagte er. „Hana hat extra einen Kuchen gebacken."

Er ließ Hana neben ihm zurück und Damian hörte ihn in der Küche, die wohl schräg über den Gang gelegen war, werkeln.

„Hast du Schmerzen", fragte Hana.

„Mein Bein pocht, aber es ist zum Aushalten."

„Nachher kommt unser Hausarzt. Igor hat ihn angerufen und gebeten, nach dir zu sehen. Er kann dir sicher Schmerzmittel aufschreiben, falls du doch etwas brauchst."

„Das ist keine schlechte Idee. Bevor ich abgeholt wurde, haben mir die Schwestern noch ein Schmerzmittel gegeben. Wenn das nachlässt, wird es bestimmt wieder schlimmer."

„Meine Ausbildung ist schon ziemlich lange her und ich habe sie auch nicht abgeschlossen." Hana druckste herum. „Ich habe ein bisschen Angst, dich zu enttäuschen." Sie blickte auf ihre Hände, die sie auf den Schoß gelegt hatte.

Damian streckte den Arm aus und legte die Hand auf ihre. „Du wirst mich sicher nicht enttäuschen. Und Angst habe ich auch."

Hana hob den Kopf und ihre Blicke trafen sich. Sie hatte wunderschöne Augen mit einer schimmernden grün-braunen Iris und Damian wunderte sich, dass es überhaupt nicht störte, dass einer der Augenwinkel durch die Narben an der Wange verzogen war.

Kurze Zeit später hielt Damian eine Tasse Kaffee in der Hand. Das Bett war elektrisch verstellbar und erlaubte es ihm, trotz des hochgelagerten Beines, relativ aufrecht zu sitzen. Hana saß auf dem Stuhl neben ihm und Igor hatte sich auf die Couch gesetzt. Sie schwiegen, doch die Ruhe hatte nichts Unangenehmes. Die ganze Nervosität war von Damian abgefallen. Es war in Ordnung, dass er hier war. Er spürte, dass weder Hana noch Igor sich von ihm gestört fühlten, und zum ersten Mal seit dem Unfall ergriff ihn keine Panik, wenn er an den nächsten Tag dachte.

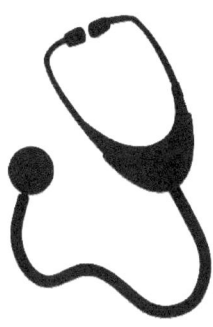

EIN SICHERER HAFEN

Am Spätnachmittag kam Dr. Braun, Igors und Hanas Hausarzt, ein grauhaariger Mann mit einer altmodischen goldumrandeten Brille. Freundlich fragte er Damian nach seinem Befinden und danach, wie die Operation und der stationäre Aufenthalt verlaufen waren, bevor er sich um seine Beine kümmerte. Im Gegensatz zu den Schwestern im Krankenhaus, die jeweils einfach die Decke weggerissen und Damian entblößt hatten liegen lassen, schlug er nur die Ecke über dem geschienten Bein beiseite. Hana stand ziemlich weit weg von seinem Bett und schien sich unwohl zu fühlen. Ein wenig Sorge hatte Damian schon, ob sie mit seiner Pflege nicht überfordert war. Sie war so schüchtern und zurückhaltend, dass er sie sich gar nicht als Krankenschwester vorstellen konnte. Sie hatte ihn auch noch nicht berührt, was ihm allerdings nur recht war. Igor war bereits ins *Dusters* gefahren.

„Den Arztbrief hat Igor mir heute Vormittag schon gefaxt. Ihr linkes Bein wurde mit einem *Fixateur externe* versorgt, weil der Oberschenkelknochen mehrfach gebrochen ist und weil das Gewebe drumherum so stark geschwollen war. Ansonsten haben Sie wirklich Glück gehabt, das Knie, der Fuß und der Unterschenkel sind unverletzt geblieben."

Na klasse, dachte Damian. Sollte er sich jetzt etwa noch beim Schicksal bedanken? „Und warum steckt dann auch ein Draht in meinem Unterschenkel?"

„Damit wird Ihr Kniegelenk ruhiggestellt. Jedes Mal, wenn Sie Ihr Knie bewegen, übt das auch einen Zug auf den Oberschenkelknochen aus. Und der soll sich ja nicht bewegen, damit er gut zusammenheilt. Kommen Sie, Hana." Der Arzt winkte sie zu sich. „Ich zeige Ihnen, wie Sie die Pins reinigen müssen."

Hana trat heran und der Arzt machte ihr Platz. „Die Metallstäbe sind eine direkte Verbindung zwischen der Umwelt und dem Knocheninneren. Deshalb können relativ leicht Keime in die Wunden eindringen. Sie müssen täglich gereinigt werden. Ich habe Ihnen sterile Kompressen und Desinfektionslösung mitgebracht."

Hana zog Handschuhe über, öffnete die Verpackung der Kompressen, befeuchtete sie mit der Lösung und begann vorsichtig, Schorf und Wundsekret, die sich um die Metallstäbe angesammelt hatten, zu entfernen. „Es wird ein wenig brennen, Damian", sagte sie und warf ihm einen kurzen Blick zu. Mit einem Mal war sie wie ausgewechselt, wirkte ruhig und konzentriert.

„Sehr gut", meinte Dr. Braun. „Den Rahmen sollten Sie auch jeden Tag mit Desinfektionsmittel abwischen. Und die Wunden müssen trocken bleiben."

„Heißt das, ich darf noch sechs Wochen lang nicht duschen oder baden?" Damian war entsetzt. Er fühlte sich ohnehin schon nicht mehr wie ein Mensch. Seit dem Unfall klebten seine Haare am Kopf und die Wischerei mit dem Waschlappen, den die Schwestern an ihm vorgenommen hatten, war keine Erfrischung gewesen.

„Der Stumpf darf ins Wasser, nur das rechte Bein nicht. Wenn Sie eine Möglichkeit finden, dass das Bein trocken bleibt, ginge es schon", meinte der Arzt nachdenklich. Er deckte das Bein wieder zu und schlug den gegenüberliegenden Zipfel zurück. „Jetzt schaue ich mir den Stumpf an." Er wickelte den Kompressionsverband ab. „War schon ein Orthopädietechniker bei Ihnen?"

Damian schüttelte den Kopf.

„Er sollte kommen, um einen Liner anzupassen. Dieser Liner verhindert, dass sich Ödeme bilden und härtet den Stumpf schon ein bisschen ab, schließlich muss er später ziemlich viel aushalten. Außerdem brauchen Sie Physiotherapie."

„Wir kümmern uns darum", versprach Hana.

„Der Stumpf ist gut verheilt."

Damian drehte den Kopf zur Seite und blickte aus dem Fenster. Regentropfen prasselten gegen die bodentiefen Fenster und der Ahorn, der vor dem Fenster stand, bog sich im Wind. Dazu, sich sein abgehacktes Bein anzusehen, fühlte er sich noch nicht in der Lage.

Als der Arzt gegangen war, hielt Damian es nicht mehr länger aus. Er hatte versucht, die unangenehme Prozedur so lange wie möglich aufzuschieben, doch jetzt ging es nicht mehr. „Ich muss auf die Toilette", sagte er.

Hana sah ihn fragend an.

„Nur Pippi." Verdammt, war das alles so demütigend.

Hana ging ins Bad und kam mit einer Flasche zurück, die sie ihm in die Hand drückte, und verschwand sofort wieder. Stirnrunzelnd blickte er auf die Flasche. Natürlich, das konnte er schließlich selbst. Erleichtert schob er sich die Flasche zwischen die Oberschenkel und steckte seinen Penis in die Öffnung. Ob er seinen Schwanz wohl irgendwann in seinem Leben noch einmal in etwas anderes als in eine kalte Glasflasche schieben würde? Zumindest für diesen Akt benötigte er keine

Hilfe. Vorsichtig ließ er es laufen und hoffte, dabei keine Schweinerei zu machen.

Kurze Zeit später kam Hana zurück und nahm Damian die Glasflasche ab. „Danke", sagte er.

„Kein Problem."

Hana berührte ihn nur dann, wenn es wirklich nötig war. Sie ließ ihn alles, was er nur irgendwie machen konnte, selbst tun. Und sie sah ihm auch nicht zu, wenn er sich wusch oder die Zähne putzte, sondern ließ ihm, soweit das möglich war, seine Privatsphäre. Damian war ihr dafür sehr dankbar. Doch nachdem er bereits zwei Tage bei Hana und Igor verbracht hatte, konnte er dieses andere biologische Bedürfnis nicht mehr zurückhalten und musste sie bitten, ihm die Bettpfanne zu bringen.

„Mir ist das furchtbar unangenehm."

„Das glaube ich dir, Damian. Aber ich bin Krankenschwester. Es macht mir wirklich gar nichts aus."

Damian seufzte und schob sich die Pfanne unter das Becken. „Schau nochmal nach, ob ich richtig drauf sitze. Das Letzte, was mir jetzt noch fehlt, um meine Würde komplett zu verlieren, ist, dass ich ins Bett mache."

„Deine Würde verlierst du damit sicher nicht. Die verlierst du nur, wenn du anderen Menschen ihre nimmst." Hana sah ihn einen Moment lang so merkwürdig an, dass er innerlich erstarrte. Was steckte nur hinter dieser Aussage? Was hatte sie erlebt? Sie korrigierte den Sitz der Pfanne und ließ Damian dann allein.

„Willst du dich selbst sauber machen?", fragte sie, nachdem sie zurückgekehrt war.

Damian schüttelte den Kopf. „Das gibt nur eine Schweinerei."

Sie nickte und schlug die Decke zurück. Damian schloss die Augen und ließ es über sich ergehen. Er spürte nur das Papier. Hana berührte ihn kaum. Er hob das Becken an, damit sie die Pfanne mitnehmen konnte, und zog sich die Shorts wieder hoch. Hana hatte das linke Hosenbein der Shorts aufgeschnitten und mit Sicherheitsnadeln wieder zugesteckt, so dass er nicht mehr wie in der Klinik mit dem Nachthemd und unten ohne herumliegen musste. Damian seufzte. Sie machte es ihm wirklich so leicht, wie es unter den gegebenen Umständen nur möglich war.

Am darauffolgenden Vormittag kam der Physiotherapeut und bewegte ihn durch. Igor, der die ganze Nacht im *Dusters* gewesen war und sehr erschöpft aussah, führte ihn herein und sah zu. „Ich zeige Ihnen jetzt noch ein paar Übungen, die Sie täglich mehrfach machen sollten, damit die Muskeln nicht so stark abgebaut und die Gelenke nicht steif werden. Dazu brauchen Sie aber einen Übungspartner." Der Therapeut drehte sich zu Igor um. „Machen Sie das?"

„Ist dir das recht, Damian?"

„Natürlich." Igors Anwesenheit störte Damian mittlerweile überhaupt nicht mehr. Durch seine ruhige Art und den natürlichen Umgang mit ihm, hatte Damian die Hemmungen ihm gegenüber rasch verloren.

Der Therapeut zeigte Igor, wie er Damian dabei unterstützen konnte, seine Übungen zu machen. „Es wäre auch wichtig, Ihre Arme zu trainieren. Am Anfang werden Sie mit Unterarmstützen gehen müssen und da ist es hilfreich, wenn Ihre Arme stark sind."

„Im Keller habe ich Hanteln und Fitnessgeräte", warf Igor ein. „Vielleicht kann Damian auch mit den Geräten trainieren."

Der Therapeut nickte. „Ich schaue mir die Geräte gleich an."

Igor brachte ihm eine Tasse Kaffee, nachdem er den Therapeuten verabschiedet hatte. „Ich hau mich ein paar Stunden aufs Ohr."

Damian nickte.

„Wenn du möchtest, kann ich dir später helfen zu baden."

„Was? Wie denn? Das wäre super. Ich fühle mich schrecklich nach mehr als zwei Wochen ohne Dusche und Haarwäsche."

„Ich habe einen Aufsatz für die Wanne besorgt." Igor grinste. „Normalerweise stellt man eine Babybadewanne rein. Aber dein Bein können wir da auch einhängen. Zusätzlich stecken wir es noch in eine Plastiktüte."

„Und wie komme ich in die Wanne?", fragte Damian zweifelnd.

„Ich habe dich schon mal getragen."

Damian schluckte und stellte sich vor, wie er mit seinem zermatschten Gesicht und dem abgefahrenen Bein in Igors Armen gelegen hatte.

Damian zog das T-Shirt über den Kopf und öffnete die Sicherheitsnadeln an den Shorts, während Igor sein Bein in eine große Plastiktüte steckte und diese am Oberschenkel zuklebte. Hana war in der Küche. Sie hatte Igor gesagt, sie wolle Damian ihre Anwesenheit nicht auch noch zumuten und er solle sie rufen, falls er sie brauche.

„Wasser ist schon eingelassen. Bist du bereit?"

Damian nickte.

Igor beugte sich zu ihm, legte das geschiente Bein auf seinen Unterarm, griff unter seine Achseln und unter seinen Po. Damian schlang die Arme um seinen Hals. Igor keuchte, als er Damian anhob.

„Scheiße, ich bin viel zu schwer."

„Es geht schon." Um nichts in der Welt hätte er Damian wieder abgelegt. „Ich muss dich hochtragen. Im Bad unten ist nur eine Dusche."

„Ich bin viel zu schwer", wiederholte Damian mit leiser Stimme.

„Mach dir keine Gedanken", ächzte Igor, während er Damian die Treppe hochtrug. Klar war er schwer, aber er hätte Damian bis ans Ende der Welt getragen, solange Damians Arme um seinen Hals geschlungen waren, und Igor seine warme Haut spürte. Langsam ließ er ihn in die Wanne gleiten. „Ist die Temperatur in Ordnung?"

„Ja." Damian klammerte sich mit den Händen krampfhaft am Beckenrand fest. Der Beinstumpf bot ihm keinen Halt und das Bein, das Igor auf die Halterung gebettet hatte, half ihm auch nicht, sich zu stabilisieren. „Hältst du mich fest?", bat er.

„Natürlich." Igor kniete sich vor die Wanne, zog sein T-Shirt über den Kopf, tauchte mit einem Arm unter Damian hindurch und hielt ihn am Oberarm fest. Damian legte den Kopf auf seinem Arm ab und schloss die Augen. Igor tauchte noch etwas tiefer ein, bis nur noch Damians Gesicht aus dem Schaum herausragte. Mit der freien Hand angelte er nach einem Waschlappen und fuhr sanft über Damians Brust. Damian blieb reglos liegen. „Soll ich weiter machen?" Igors Stimme war rau wie ein Reibeisen.

„Ja."

Langsam wusch er Damians Arme, seinen Hals und die Haare. Mit klopfendem Herzen arbeitete er sich weiter über die Hüfte zu dem Beinstumpf vor und massierte mit dem Waschlappen sanft die Haut über dem Stumpf. Auf dem Weg zum anderen Bein streifte er Damians Penis. „Entschuldigung", murmelte er.

„Kein Problem. Er freut sich über jede Aufmerksamkeit. Viel davon wird er ohnehin nicht mehr bekommen."

Das würde Igor sich nicht zweimal sagen lassen. Er betrachtete Damian, der weiterhin entspannt und mit geschlossenen Augen in seinem Arm hing. Dann legte er den Waschlappen beiseite, umfasste seinen Schaft und begann vorsichtig, ihn zu stimulieren. Er beobachtete Damians Mienenspiel, um sicherzugehen, dass es für ihn in Ordnung war. Mit der Zungenspitze leckte Damian sich über die Lippen und ließ diese leicht geöffnet. Was gäbe Igor dafür, wenn er diese wunderschönen vollen Lippen mit seinen berühren könnte? Damians Brustkorb hob und senkte sich stärker auf seinem Arm. Immer fester umschloss Igor den harten Schaft und trieb Damians Erregung voran. Er würde keine Spielchen spielen, sondern ihn einfach kommen lassen. Alles andere erschien Igor nicht angebracht. Es dauerte nicht lange, bis Damian sich auf seinem Arm versteifte und sich pumpend in seiner Faust erleichterte. Damian atmete tief aus und schlug langsam die Augen auf. Ihre Blicke trafen sich, doch keiner sagte ein Wort. Damian hob den Arm aus dem Wasser, fuhr mit der Hand zart über die Narben, die die Flammen auf Igors Schulter, dem Oberarm und dem Brustkorb hinterlassen hatten, und blickte ihm dabei weiterhin stumm in die Augen. Sie beide waren Gezeichnete, denen das Leben in seiner Härte einen sichtbaren Stempel aufgedrückt hatte.

Eine Quizshow wurde im Fernsehen ausgestrahlt. Damian war nicht besonders wählerisch bei dem, was über die Mattscheibe flimmerte. Hana saß auf einem Stuhl neben ihm und strickte. Gelegentlich blickte sie auf, während ihre Hände unermüdlich mit den Nadeln klapperten. Igor war bereits vor mehr als einer Stunde auf dem Sofa eingeschlafen und schnarchte leise. Da er nachts meist im *Dusters* war, schlief er in Etappen. Hana hatte eine Decke über ihm ausgebreitet. Es war einer der wenigen friedlichen Momente, in denen Damian sich vorstellen konnte, weiterzuleben. Doch meistens half ihm nur der Gedanke, dass er jederzeit abtreten konnte, über den Tag hinweg. Er schmiedete konkrete Pläne, wie er es anstellen könnte. Solange er ans Bett gefesselt war, konnte er sich die Pulsadern aufschneiden. Zu verbluten, sei nicht besonders schmerzhaft, hatte er gelesen. Man würde frieren, müde und durstig werden und wenn man dann einschlief, war alles vorbei. Doch noch war er nicht soweit. Eine kleine Chance wollte er dem Leben geben. In so harmonischen Momenten wie diesen konnte er sich vage eine Zukunft vorstellen. Und auch dann, wenn Igor ihn ansah. Er wurde nicht klug aus ihm. Zunächst hatte er gedacht, dass Igor sich aus Mitleid und Verantwortungsgefühl um ihn kümmerte. Wie auch sein Bruder fühlte Igor sich für den Unfall und für ihn verantwortlich – warum auch immer. Doch allmählich gewann Damian den Eindruck, dass da mehr war. Er spürte eine Verbindung. Damian dachte an die narbige, ledrige Haut an Igors Brustkorb, die er unter seinen Fingerspitzen gespürt hatte. Was war ihm zugestoßen? Auch Hana hatte diese Verbrennungen. Sicherlich waren sie gemeinsam in ein Feuer geraten. Ob Igor oder Hana ihm wohl irgendwann erzählen würden, was ihnen widerfahren war? Waren die Narben und die körperliche Versehrtheit das, was Igor und ihn verband? Oder war da noch etwas anderes? Und warum hatte er ihm in der Wanne einen runtergeholt? Hatte er das nur aus Mitleid getan? Schließlich hatte Damian ja quasi darum gebettelt. Doch Igor hatte sich nicht lange bitten lassen und es hatte sich gut angefühlt. Als Damian ihm anschließend in die Augen geblickt hatte, war da kein Mitleid gewesen, sondern nur Igors besonnene Miene, die keine Rückschlüsse über seine Gefühle zuließ. Er blickte wieder auf den Bildschirm. Es war besser, wenn er nicht so viel darüber nachdachte.

„Warum hast du deine Ausbildung nie beendet?", fragte Damian, als Hana die Metallpins säuberte, die in seinem Oberschenkelknochen steckten.

Schweigend arbeitet Hana weiter. Hoffentlich war er ihr mit dieser Frage nicht zu nahegetreten. „Ich war im zweiten Ausbildungsjahr, als der Krieg ausgebrochen ist", erklärte sie schließlich.

„Das wusste ich nicht", sagte Damian leise. „Es tut mir leid."

„Später, nachdem wir schon ein paar Jahre in Deutschland waren, hätte ich mich darum kümmern können. Aber ich schätze, dafür hatte ich einfach keinen Mut."

„Ich hatte auch keinen Mut, meinen Traumberuf zu erlernen."

Hana blickte auf. „Was wolltest du denn werden?"

„Ich wollte schon immer Koch werden. Aber als ich mein Abitur in der Tasche hatte, war es mir zu unsicher. Mein Bruder hatte gerade erst als Assistenzarzt angefangen und wir hatten Schulden, weil wir uns eine

Wohnung gekauft hatten. Deshalb fing ich eine Banklehre an. Und später brachte ich den Mut nicht mehr auf, umzusatteln."

Hana nickte. „Ich arbeitete jahrelang als Putzfrau, bis Igor mit der Schule fertig war. Dann kaufte er den Club. Benedikt, Samuels Bruder, half ihm damals, sonst hätte er sich das gar nicht leisten können. Erfreulicherweise lief der Club schon bald richtig gut. Zu dem Zeitpunkt hätte ich die Ausbildung beginnen können, aber da fühlte ich mich schon zu alt. Außerdem machte ich am Anfang die Buchführung für Igor. Mittlerweile ist das alles zu kompliziert für mich geworden."

„Dann hast du dich auch um deinen kleinen Bruder gekümmert, so wie Jerko sich um mich gekümmert hat."

Hana blickte starr auf die Metalldrähte an Damians Bein. „Wegen der Verbrennungen war ich lange im Krankenhaus. Sie flogen Igor und mich nach Hamburg in eine Spezialklinik. Igor war ein paar Wochen dort, aber ich lag mehrere Monate im Krankenhaus. Als ich endlich rauskam, war Igor im Waisenhaus, er war neun Jahre alt. Da ich kein Geld und keinen Job hatte, durfte ich ihn nicht zu mir nehmen. Erst etwa ein Jahr später, als ich eine Stelle bei einer Reinigungsfirma und eine Wohnung hatte, stimmten die Behörden zu, dass Igor zu mir ziehen durfte."

„Jerko kümmerte sich auch um mich. Unsere Mutter trank und war keine große Hilfe. Jerko erledigte den Haushalt. Und nachdem sie gestorben war, verkaufte Jerko unser Elternhaus und wir zogen in unsere Wohnung. Er war immer für mich da." Damian blickte an die Decke und seufzte. „Und ich habe ihn immer nur enttäuscht und ihm das Leben schwer gemacht. Jetzt ist er völlig fassungslos darüber, dass ich ein Krüppel bin, und er ist traurig, weil ich nicht zu ihm, sondern zu euch gezogen bin."

Sorgfältig deckte Hana die Wunden mit sterilen Kompressen ab und räumte das Desinfektionsmittel weg. „Ich bin mir sicher, dass du Jerko nicht nur enttäuscht hast. Er liebt dich und will, dass es dir gut geht." Sie blickte auf. „Du bist kein Krüppel. Ich weiß, wie man sich fühlt, wenn man hilflos im Krankenhaus liegt, abhängig von Fremden ist und Angst vor der Zukunft hat. Aber du kommst da wieder raus. Du musst es nur wollen."

„Vielleicht ist das mein Problem. Ich weiß nicht, ob ich will. Wer oder was erwartet mich denn?"

Hana sah ihm in die Augen. „Ich habe damals für Igor gekämpft."

Damian erwiderte ihren Blick. Igor war es wert gewesen. Er war ein kleiner Bruder, der seine Schwester nicht enttäuscht, sondern etwas aus seinem Leben gemacht hatte. Er hatte seiner Schwester alles zurückgegeben und kümmerte sich nun um sie. Damian hingegen machte seinem Bruder nichts als Ärger.

„Du hast Besuch, Damian." Igor führte Paul herein, der einen großen Blumenstrauß vor sich hertrug und eine ernste Miene zur Schau stellte.

Innerlich verdrehte Damian die Augen. Das fehlte ihm gerade noch. Paul hatte schon mehrfach angerufen und ihm auch auf den Anrufbeantworter gesprochen, doch Damian hatte nicht zurückgerufen. Was sollte er seinem Kollegen auch berichten? Er konnte sich schon vorstellen, wie die neugierigen Klatschweiber in seiner Abteilung Paul nach dem Besuch ausquetschen würden.

„Hallo Paul, wenn du mich so ernst anschaust, kriege ich ja Angst. Sehe ich wirklich so schlimm aus? Vielleicht sollte ich mir einen Spiegel bringen lassen."

Paul schüttelte den Kopf. „Deinen Sarkasmus hast du anscheinend nicht verloren."

„Nein, aber ein Auge und ein Bein."

Igor brachte ihnen einen Kaffee und Kekse. Hana ließ sich nicht blicken. Wenn Fremde im Haus waren, zog sie sich zurück und Damian hatte auch den Eindruck, dass sie das Haus nur selten verließ.

„Wie geht es dir?"

„Wie sieht es denn aus?"

Paul hielt ihm den Blumenstrauß hin. „Der ist von uns allen. Eine Karte ist auch dabei. Alle denken an dich und wünschen dir gute Besserung."

Igor nahm Paul den Blumenstrauß ab. „Der Strauß ist sehr schön. Ich besorge eine Vase. Setzen Sie sich doch."

Paul sah ihm hinterher. „Ist das dein Freund?"

Damian schüttelte den Kopf. Über Igor wollte er schon gleich gar nicht reden. „Und? Hat sich etwas getan in der Abteilung?"

Eine leichte Röte überzog Pauls Wangen. „Ein paar Veränderungen hat es schon gegeben."

„Ehrlich? Bist du mit Sophia zusammen?"

Paul starrte ihn mit offenem Mund an. „Woher weißt du das?"

„Ich bin ein Hellseher." Wenn er einer wäre, hätte er an diesem einen Abend einen großen Bogen um das *Dusters* gemacht, dachte er verbittert. Er ärgerte sich über sich selbst. Warum war er so ruppig und unfreundlich zu Paul? Er hatte sich noch nicht einmal für die Blumen bedankt. Wenigstens hatte Igor etwas Freundliches gesagt.

„Hat es dir jemand erzählt?"

Damian rang sich ein Lächeln ab. „Nein, aber es war nicht zu übersehen, dass Sophia sich für dich interessiert hat. Die einzige Frage war, ob du es kapierst."

Paul lachte laut auf. „Vermutlich hast du recht."

„Zum Glück ist Sophia eine Frau, die weiß, was sie will. Mal im Ernst, ich freue mich für euch."

„Danke. Es ist wirklich schön mit ihr, so unkompliziert."

„Gab es noch andere schmutzige Geschichten in der Abteilung?"

„Hey, schmutzig ist unsere Geschichte nicht. Aber in der Tat gab es einen kleinen Skandal."

„Erzähl schon."

„Ines hatte eine Affäre mit Konstantin, seine Frau hat es rausgefunden und ihm im Büro eine Szene gemacht. Das war vielleicht ein Schauspiel."

„Dann habe ich ja wirklich etwas verpasst."

„Ja, das hast du." Paul sah ihn an. „Wann kommst du wieder?"

„Es wird noch eine Weile dauern. Kurz vor Weihnachten kommen die Drähte raus, dann gehe ich für vier Wochen in die Reha, wo auch die Prothese angepasst wird. Je nachdem, wie ich damit zurechtkomme, bin ich irgendwann im Frühling wieder im Büro." Damian stellte sich vor, wie er mit einer Prothese und der Augenklappe in der Filiale auftauchen würde, spürte die neugierigen Blicke seiner Kollegen auf sich und kämpfte gegen einen Würgereiz an.

Damian atmete erleichtert aus, als Paul sich nach einer Weile verabschiedete. Eigentlich war es gar nicht so schlimm gewesen, es waren die Bilder in seinem Kopf, die ihn verrückt machten. Er sah sich selbst durch die Augen der anderen, spürte das Mitleid, das Entsetzen und vielleicht auch die Schadenfreude. Es waren diese Gedanken, die ihn fertig machten.

Hana kam aus der Küche und räumte die Tassen weg.

„Bleibst du bei mir?", fragte Damian. Hanas Anwesenheit war kein Problem. Sie war ihm in der kurzen Zeit so vertraut geworden, vor ihr schämte er sich nicht. Mit ihr und mit Igor fühlte er sich halbwegs menschlich.

Sie lächelte. „Ich hole mein Strickzeug."

Nur das Klappern der Stricknadeln war zu hören. Der Ahorn hatte mittlerweile alle Blätter verloren, wodurch einzelne Sonnenstrahlen den Weg durch das Geäst fanden und auf seiner Bettdecke landeten. Die Haustür schlug zu und kurze Zeit später kam Igor mit weißen Pappschachteln ins Zimmer. „Ich habe Pizza mitgebracht."

Hana legte die Wolle weg und holte Teller. Igor setzte sich auf die Bettkante und schlang die Stücke herunter. Er aß immer so hektisch, als würde ihm sonst jemand das Essen wieder wegnehmen. Damian würde ihn gerne bekochen und ihm ein mehrgängiges Menü mit vielen kleinen Portionen vorsetzen, die ihn dazu zwingen würden, langsam zu essen. Dann würde er schmecken, was er aß und vielleicht erkannte Igor dann, wie sinnlich der Genuss einer gut zubereiteten Mahlzeit sein konnte. Ob er wohl jemals wieder kochen und backen würde? Das fehlte ihm noch mehr als Sex.

Igor blickte irritiert von seinem Teller auf. Damian hatte ihn wohl zu intensiv angestarrt. „Du hast einen schönen Pullover an", sagte Damian rasch. „Hat Hana ihn gestrickt?"

Igor fuhr mit der Hand über die weiche Wolle. „Ja, sie hat ihn mir zum Geburtstag geschenkt."

Hana wurde rot und kämpfte mit ihrer Pizza.

Damian strich über die Wolle an Igors Ärmel. „Er ist so kuschelig." Früher hätte er sich über selbstgestrickte Pullover nur lustig gemacht. Doch an Igor, der im Club immer einen Anzug trug, gefiel ihm der Pullover.

Igor nahm Damian den Teller weg und gähnte. „Ich haue mich ein bisschen aufs Ohr."

„Möchtest du zu mir? Ich liege eh den ganzen Tag hier herum." Damian wusste nicht genau, was ihn zu dieser Bitte getrieben hatte. Am Vormittag hatte er Hana auch schon gebeten, bei ihm zu bleiben. Mit seinen düsteren Gedanken wollte er nicht allein sein. Wenn Hana oder Igor bei ihm waren, ging es ihm besser. Alle anderen – das schloss auch seinen Bruder und Samuel ein – bereiteten ihm Unbehagen.

Die Teller in Igors Hand klapperten laut. Ohne ein Wort zu verlieren, stand er auf und trug sie in die Küche. Nach einer Weile kehrte er zurück und setzte sich wieder auf die Bettkante. Damian rutschte ein paar Zentimeter zur Seite - mehr ließ sein metallgespicktes Bein nicht zu - und hob die Bettdecke an. Nachdem Igor den Pullover über den Kopf gezogen und die Jeans abgestreift hatte, legte er sich mit dem Rücken zu Damian, wobei er seinen Arm berührte. Igors Wärme strahlte durch das T-Shirt auf Damians kalten Arm ab und breitete sich in seinem Körper aus. Igor war so lebendig und kraftvoll. Wenn er ihn berührte, fühlte sich Damian in seinem eigenen Körper nicht mehr so verloren.

Der Orthopädietechniker kam, vermaß den Stumpf und brachte ihm eine Art Strumpf mit, der verhindern sollte, dass sich zu viel Wasser ansammelte. Igor trieb auch einen Okularist auf, der ihm eine Augenprothese anfertigte. Es war etwas umständlich, mit seinem verdrahteten Bein dorthin zu gelangen, doch dank Igor konnte er die beiden Termine wahrnehmen, bei denen das Auge untersucht, vermessen und schließlich eine Sklerenschale angepasst wurde, die kaum von seinem verbliebenen Auge zu unterscheiden war. Sie saß dem

Augenimplantat auf und bewegte sich mit, wenn Damian das gesunde Auge bewegte. Das größte Problem war, dass Damian lernen musste, die Schale herauszunehmen und zu reinigen. Es ekelte ihn an, die Schale aus dem Auge zu friemeln, zu reinigen und wiedereinzusetzen, doch diese Prozedur musste er jeden Morgen durchführen.

„Sieht gut aus", meinte Igor. Auch Hana nickte zustimmend. Doch Damian fand den Anblick des toten Auges in seinem Gesicht schrecklich und ließ die Augenklappe auf. Weder Igor noch Hana kommentierten sein Verhalten, was es Damian leicht machte. Sie kritisierten nicht an ihm herum, machten keine gut gemeinten Vorschläge und sprachen nicht über die Zukunft. Ganz anders verhielt sich Jerko diesbezüglich.

„Ende Dezember zieht Gregor die Drähte aus deinem Bein. Und danach kommst du doch zu uns und feierst Weihnachten mit uns. Ich habe mir extra frei genommen", sagte er, als er nach der Arbeit bei Damian vorbeischaute. Igor war im Club. Es kam Damian so vor, als würde Jerko ein Zusammentreffen mit Igor vermeiden. Vermutlich gab er ihm die Schuld dafür, dass Damian nicht zu Hause war.

„Okay", sagte Damian gedehnt. Es war ja nicht so, dass Jerko ihn gefragt hatte. Wieder einmal stellte er ihn vor vollendete Tatsachen.

„Und dann kannst du gleich zu Hause bleiben, bis du zur Reha gehst."

Damian seufzte. Wenn es nach ihm ging, würde er einfach bei Hana und Igor bleiben. Eingeigelt in diesem Haus, weit weg von der Realität, hielt er es aus. Doch vor jedem weiteren Schritt hatte er Angst. Er bekam schon Bauchschmerzen, wenn er daran dachte, dass er wieder in die Klinik musste. Jerko hatte gemeint, dass die Stäbe ohne Narkose entfernt werden würden und dass er danach gleich wieder nach Hause fahren dürfe.

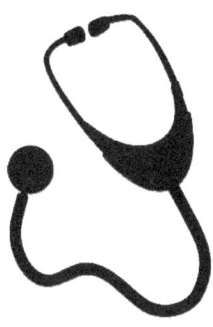

WEIHNACHTEN

„Warum schüttest du die Milch in den Ausguss?"

Nachdem Samuel die letzten Tropfen aus der Tüte gegossen hatte, stopfte er sie in den schon überfüllten gelben Sack. „Sie war abgelaufen."

Jerko angelte die Tüte wieder aus dem Sack und suchte nach dem Verfallsdatum. „Die ist doch noch nicht schlecht, nur weil das Verfallsdatum vor drei Tagen war."

Samuel nahm ihm die Tüte wortlos aus der Hand und steckte sie zurück in den Sack.

„Das ist totale Verschwendung", schimpfte Jerko.

„Willst du jetzt mit mir über eine Milchtüte streiten?"

„Es geht nicht nur um die Milchtüte. Du bist so verschwenderisch und wirfst das Geld zum Fenster heraus."

„Ich habe die Lebensmittel von meinem Geld gekauft. Also geht dich das gar nichts an." Samuel zwang sich tief ein- und auszuatmen. Das waren die Momente, in denen er bereute, zu Jerko gezogen zu sein. Liah und Franco wohnten mittlerweile in seiner Wohnung und nach und nach hatte er fast alle seine Habseligkeiten mit in Jerkos und Damians Wohnung genommen. Doch so richtig angekommen fühlte er sich nicht. Jerko reagierte völlig überzogen, wenn er auch nur eines von Damians Kochheften beiseite räumen wollte. Seit Wochen stand

Damians Zimmer nun schon leer, doch er durfte es kaum betreten, geschweige denn benutzen. Dabei hätte er gelegentlich auch gerne einen Ort, an den er sich zurückziehen konnte. Um Himmels willen würde er das Zimmer ja nicht umräumen, sondern nur mal in Ruhe an Damians Schreibtisch arbeiten und die Zimmertür schließen. Doch er musste sich immer an den Esstisch setzen und Jerko regte sich dann über die Unordnung auf.

„Es geht mich wohl etwas an, ich kann so eine Verschwendung nicht ertragen. An deinem Verhalten merkt man, wie verwöhnt du bist."

„Hör auf, Jerko!" Samuel zwang sich, ruhig zu bleiben. Er wusste ja, worum es hier ging. Es ging nicht um ihn oder um Jerko. Es ging um Damian. Immer ging es um Damian. Bevor sie zusammengekommen waren, hatte er Jerko ein Versprechen gegeben. Er hatte ihm zugesichert, sich nicht zwischen die Brüder zu stellen und das Verantwortungsgefühl zu respektieren, dass Jerko für Damian empfand. Doch manchmal war es verdammt schwer, dieses Versprechen zu halten. „Das ist ein Tritt unter die Gürtellinie."

Jerko funkelte ihn an, er konnte die Wut in ihm brodeln sehen, doch er sagte nichts mehr.

Samuel ging einen Schritt auf ihn zu und legte die Hand auf seine Brust. „Ich verstehe ja, wie wütend du bist."

„Du verstehst gar nichts."

Samuel seufzte, stellte sich auf die Zehenspitzen und streifte sanft mit seinen Lippen über Jerkos. Zumindest stieß er ihn nicht zurück. Samuel lehnte sich an ihn, schlang die Arme um seinen Hals und schob langsam die Zunge zwischen Jerkos Lippen.

„Du kannst nicht jeden Streit mit Sex schlichten", murmelte Jerko, gewährte Samuels Zunge jedoch Einlass.

Samuel rieb mit der Hüfte über die Beule, die sich zwischen Jerkos Beinen bildete. Solange es funktionierte, würde er genau das weiterhin praktizieren. Zurzeit war es die einzige Ebene, auf der er Zugang zu Jerko fand. Er wollte ja geduldig sein und Jerko Zeit geben, sich an die Veränderungen zu gewöhnen. Doch manchmal stellte er sich die Frage, wie lange er noch durchhalten würde.

„Holst du Damian morgen früh ab?"

„Ja", knurrte Jerko. „Und so schnell liefere ich ihn auch nicht mehr bei Igor ab."

Sie lagen auf dem Küchenboden, Jerko hatte den Kopf auf Samuels Brust gebettet. Es war unbequem und sein nackter Hintern fror langsam auf den Fliesen fest. Doch Samuel würde durchhalten. Solange Jerko sich an ihn schmiegte und seine Nähe suchte, würde er für ihn da sein. Vor Damians Unfall war Jerko so liebevoll und zärtlich mit ihm umgegangen, doch seither fing er ständig Streit mit ihm an, war ungeduldig und grob. Samuel war klar, dass Jerko ihn als Ventil benutzte, weil er mit der Situation nicht klarkam. Und Samuel war auch bereit, ihm als Ventil zu dienen – zumindest für eine gewisse Zeit. Jerko brauchte ihn jetzt, um Dampf abzulassen und sich danach an ihn zu klammern. Denn trotz der Streitereien war Jerko in der Lage, ihm offen zu zeigen, wie sehr er ihn liebte und brauchte. Samuel hoffte nur, dass Jerko sich nach einer gewissen Zeit mit der Situation abfinden und Damian helfen konnte, statt ihm das Leben schwer zu machen. Samuel war Damian dankbar, dass er Igors Angebot angenommen hatte, denn auch für ihn war es eine Entlastung, dass Jerko nicht ständig mit Damians momentanem Zustand konfrontiert wurde.

„Dann bleibst du bei ihm und bringst ihn nach Hause, wenn die Drähte raus sind?"

„Ja." Ächzend rollte sich Jerko von ihm.

„Gut. Ich komme dann nach der Arbeit." Samuel richtete sich auf und rieb seine kalten Pobacken. Der intime Moment war vorbei. Jerko wirkte gehetzt, in Gedanken war er sicher schon wieder bei Damian.

Die Feiertage waren eine einzige Quälerei und reihten sich damit nahtlos in die katastrophalen Weihnachtsfeiern ein, die die Brüder bereits erlebt hatten.

Samuel wuselte herum und versuchte, die angespannte Stimmung durch hektische Aktivität zu überspielen. Er gab sich wirklich Mühe und hatte sogar eine Weihnachtsgans besorgt. Um Damian mit einzubeziehen, ließ er sich von ihm erklären, wie er sie zubereiten solle, und kam ständig verschwitzt und mit strubbeligen Haaren aus der Küche gerannt, um ihm Fragen zu stellen. Trotzdem war der Vogel zäh wie eine alte Ledersohle. Damian würgte sie mit einem Lächeln herunter, doch Jerko beschwerte sich lautstark darüber, dass Samuel nicht kochen könne. Überhaupt stritten die beiden ständig. Und nicht selten ging es dabei um ihn. Zum Beispiel als Jerko ihn fragte, wann er wieder zur Arbeit gehen wolle, und er nur ausweichend antwortete.

„Lass Damian erst mal die Reha machen. Er kann doch noch gar nicht abschätzen, wie es ihm danach geht." Samuel lief hektisch zwischen der Küche und dem Esszimmer hin und her, um den Tisch zu decken.

„Herumsitzen ist nicht gut. Davon wird man nur depressiv."

„Von deiner Drängelei wird es aber auch nicht besser."
Scheppernd ließ Samuel das Besteck auf den Tisch fallen.

Damian hörte der Streiterei zu. Mittlerweile kannte er
den Ablauf dieser Auseinandersetzungen. Jerko wurde
immer wütender und Samuel gab unerschrocken Kontra.
Es endete entweder damit, dass Jerko schnaubend die
Wohnung verließ und die Tür hinter sich zuknallte oder
damit, dass die beiden übereinander herfielen. Das taten
sie zwar nicht mehr in seiner Gegenwart, aber ihr
Gerangel in Jerkos Zimmer, im Bad oder in der Küche
war nicht zu überhören. Zumindest hatte Damian
mittlerweile die Angst verloren, dass die beiden sich
trennen würden. Trotz der heftigen Streitereien
harmonierten Samuel und sein Bruder wie ein altes
Ehepaar. Er spürte, wie sehr Jerko an Samuel hing und
wie ungezwungen er sich in seiner Gegenwart benahm.
So war Jerko sonst nur gewesen, wenn er mit Damian
allein gewesen war - vor dem Unfall. Seither verkrampfte
sich Jerko sofort, wenn er ihn auch nur ansah. Das tat
furchtbar weh. Mit jedem Blick und mit jedem Wort
machte Jerko Damian schmerzhaft bewusst, dass es sein
altes Leben nicht mehr gab. Nicht eine Sekunde lang ließ
Jerko ihn das vergessen.

Der zweite Weihnachtsfeiertag bescherte Damian
einen Lichtblick, als Igor ihn besuchte, um ihm ein paar
Sachen zu bringen, die er vergessen hatte. Eigentlich hatte
er sie mit Absicht liegenlassen, denn die Fahrt ins
Krankenhaus sollte sich nicht wie ein endgültiger
Abschied anfühlen. Sie hatten nicht darüber gesprochen,
ob Damian nach der Reha wieder zu ihnen oder nach
Hause ziehen würde. Ein paarmal hatte die Frage in der
Luft gehangen, doch Damian hatte nicht gewagt zu
fragen. Er konnte Hana und Igor doch nicht ewig zur Last

fallen. Und nach der Reha würde er Hanas Hilfe vermutlich nicht mehr benötigen.

Jerko öffnete die Tür mit eisigem Gesicht, als Igor klingelte.

„Hat das Ziehen der Drähte sehr weh getan?" Igor ignorierte Jerkos abweisende Haltung und setzte sich zu Damian.

„Ja, Gregor hat zwar gemeint, es tut nicht weh, aber es hat höllisch gebrannt."

„Das tut mir leid." Igor legte die Hand auf den Oberschenkel, der so geschunden worden war.

„Wahrscheinlich hat Gregor keine Ahnung, was Schmerzen verursacht. Wenn er Adrian im Club auspeitscht, bettelt der immer noch um mehr."

Igor lachte und streichelte ihn flüchtig mit dem Daumen, bevor er die Hand zurückzog. Es tat gut, Igors kehliges Lachen zu hören und seine Berührung zu spüren. Wie schaffte Igor es nur, dass er sich einen Moment lang fast wieder so fühlte wie früher?

„Wie geht es Hana?"

„Du fehlst ihr."

War das ein Witz? Späße zu machen, war nicht gerade Igors Spezialität und seine Miene war ungerührt wie immer. Ihm zumindest fehlte Hana, genau wie Igor. Bei den Geschwistern hatte sich alles besser ertragen lassen, als in der angespannten Stimmung, die Jerko verbreitete.

„Sie hat mir auch etwas für dich mitgegeben."

„Ein Weihnachtsgeschenk?"

Igor gab ihm ein Päckchen, das sorgfältig in rotes Geschenkpapier verpackt und mit silbernen Sternen verziert war. Es war leicht und weich. Vorsichtig schob Damian seinen Zeigefinger unter die Klebestreifen und löste sie vom Papier. Ein anthrazitfarbener Pullover aus einer weichen Wolle lag auf seinem Schoß, als er den Inhalt ausbreitete. „Hat Hana den für mich gestrickt?"

„Ja, heimlich, damit du ihn vorher nicht siehst."

Damian rieb sich mit der weichen Wolle über die Wange. Der Pullover roch nach Hana und Igor und dem Zuhause, das er bei ihnen gefunden hatte. Es rührte ihn, dass Hana sich so viel Arbeit für ihn gemacht hatte. Er zog den Pullover an und strich ihn glatt. „Er passt wie angegossen. Kannst du Hana bitte ausrichten, dass ich mich sehr über den Pullover freue?"

„Das mache ich gerne."

Igor blieb noch eine Weile und als er sich verabschiedete, hätte Damian ihn am liebsten gebeten, ihn wieder mitzunehmen. Nachdem die Tür hinter ihm ins Schloss gefallen war, blieb Damian mit einem Kloß im Hals zurück.

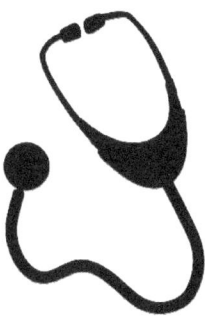

REHA

Mitte Januar fuhr Jerko Damian zur Reha. Damian lehnte den Kopf an die Scheibe des schnittigen blauen Audi TT. Er wäre lieber mit dem alten Golf gefahren und nicht mit Samuels Wagen. Wie sollte er jemals wieder aus diesem tiefen Sportsitz in den Rollstuhl kommen? Jerko würde sich den Rücken verrenken, wenn er ihn heraushob. Wie sehr er das hasste. Es hatte ihm kaum etwas ausgemacht, von Igor in die Badewanne gelegt zu werden, doch von seinem Bruder getragen zu werden, war ihm sehr unangenehm. Warum nur? Jerko kannte ihn, seit er ein Baby war. Und früher hatte es ihm auch nichts ausgemacht, Jerko nackt im Bad zu begegnen. Doch seit dem Unfall schämte er sich vor seinem Bruder. Es war entwürdigend gewesen, als er vor ihm auf der Liege gelegen hatte, während Gregor die Drähte aus seinem Bein zog. Noch schlimmer war, dass ihm vor Schmerz die Tränen über die Wangen rollten. Jerko fragte nicht, ob es ihm recht war, dass er dabei zusah. Und wie hätte er seinen Bruder, dem er nichts als Enttäuschungen bereitete, wegschicken sollen?

„Sollen wir dich nächstes Wochenende besuchen?", fragte Jerko, ohne seinen Blick von der Straße zu wenden.

„Vielleicht ist es besser, ich gewöhne mich erst einmal ein." Das fehlte ihm gerade noch. Er war froh, dass er endlich von Jerko und Samuel wegkam. Außerdem hatte Igor ihm eine SMS geschickt und gefragt, ob Hana und er ihn am Wochenende besuchen dürften. Und die beiden wollte er gerne sehen.

„In Ordnung."

Jerko insistierte nicht. Vermutlich war auch er froh, dass sie sich eine Weile aus dem Weg gehen konnten. Er lieferte ihn in der Klinik ab, sorgte dafür, dass er alles hatte, was er benötigte und bestand darauf, mit dem Chefarzt zu sprechen, ohne dies zuvor mit Damian abgesprochen zu haben. Er meinte es ja nur gut, aber Damian wünschte sich, dass Jerko ihn nicht wie ein kleines Kind behandeln würde.

Bei der Verabschiedung brachte Jerko es nicht fertig, ihn zu umarmen. Er konnte ihm ja noch nicht einmal richtig in die Augen blicken. Ob Jerko sich irgendwann daran gewöhnen würde, wie er jetzt aussah? Würde er jemals wieder normal mit ihm umgehen und in seiner Gegenwart unbeschwert sein können?

Zunächst war Damian froh, als Jerko sich von ihm verabschiedet hatte, doch kaum war er weg, da fühlte Damian sich furchtbar einsam. Er kannte keinen Menschen in dieser Klinik. Wie sollte er die vier Wochen nur überstehen? Er blickte zum Nachbarbett, das benutzt, aber leer war. Mit wem er sich das Zimmer, das für ein Krankenzimmer recht wohnlich eingerichtet war, wohl teilen würde? Eine Schiebetür führte hinaus auf einen kleinen Balkon und von seinem Bett aus konnte er die kahlen Wipfel großer knorriger Eichen sehen, die locker verteilt in einem Kurpark standen. Ob er wohl bis zum Ende der Reha in der Lage war, ohne Hilfe durch den Kurpark zu gehen?

Der Stationsarzt klopfte an, um sich bei ihm vorzustellen, ihn zu untersuchen und den vorläufigen Behandlungsplan mit ihm zu besprechen. Auf dem Programm standen Termine mit dem Orthopädietechniker, den Wundmanagern, Physiotherapie, Gangschule, Sport- und Ergotherapie sowie physikalische Therapie. Außerdem war eine psychologische Beratung vorgesehen, was bei Damian wenig Begeisterung auslöste. Nachdem er sich bei Samuels Inquisitionen schon vor dem Unfall beschissen gefühlt hatte, sah er wenig Sinn darin, jetzt seine Psyche mit ins Spiel zu bringen. Er würde sich darauf konzentrieren, seine Unabhängigkeit wiederzuerlangen, soweit das möglich war. Einfach nach vorn blicken und ausprobieren, wie weit er kam. Diese Chance würde er dem Leben geben. Und wenn er erreicht hatte, was in seiner Situation möglich war, dann konnte er Bilanz ziehen und sein Leben gegebenenfalls beenden. Dieser letzte Ausweg blieb ihm immer noch.

Die Tür öffnete sich und ein blonder Junge im Rollstuhl wurde hereingeschoben. Damian grüßte ihn, doch er blickte nicht auf. Auch ihm fehlte ein Bein. Damian schätzte ihn auf höchstens zwanzig. Geschoben wurde er von einem kräftigen Mann mittleren Alters, der ihm aus dem Rollstuhl ins Bett half. Allerdings packte er nicht einfach zu, sondern gab dem Jungen Anweisungen, wie er sich selbst aus dem Stuhl auf die Bettkante hieven konnte. Der Junge machte nur halbherzig mit und musste von seinem Begleiter unterstützt werden. Damian sah aufmerksam zu und versuchte in Gedanken, die Bewegungsabläufe durchzugehen. Sein Problem war, dass das linke Bein nach der langen Bettruhe sehr schwach war. Er machte sich bewusst, welche Muskelgruppen er für diese Bewegung benötigen würde und nahm sich vor, sie zu trainieren, so wie es ihm der Physiotherapeut, der ihn bei Igor besucht hatte, auch schon gezeigt hatte. Jeden Tag hatte Igor mit ihm trainiert und ihn jeden zweiten Tag in den Fitnessraum getragen, wo er einige Übungen an den Geräten machen konnte.

„Tschüss, Philip und bis Morgen", sagte der Mann, drehte sich zu ihm um und streckte ihm die Hand entgegen. „Hallo, ich bin Rüdiger und arbeite hier als Physiotherapeut. Auf dem Plan habe ich gesehen, dass wir Morgen Vormittag zusammenarbeiten."

Rüdigers Händedruck war mehr als kräftig. „Freut mich."

Nachdem Rüdiger gegangen war, blickte Damian zu Philip hinüber, der sich von ihm weggedreht hatte und keinen Mucks von sich gab. Nun, er wollte in Ruhe gelassen werden, was Damian nachvollziehen konnte.

Damian drehte sich zur Seite und presste das Kissen aufs Ohr. Zumindest konnte er sich wieder auf die Seite legen, seit Gregor die Drähte aus dem Oberschenkel gezogen hatte. Aber das Schluchzen im Nachbarbett war kaum zu ertragen. Philip weinte die Kissen nass. Er war erst achtzehn, wie seine Mutter, die ihn am Nachmittag besucht hatte, beiläufig erwähnte. Da Philip nicht mit seiner Mutter sprach, ging sie nach kurzer Zeit dazu über, sich mit Damian zu unterhalten, und erzählte ihm auch, dass der Junge sein Bein bei einem Verkehrsunfall verloren hatte. Kurz nachdem er seinen Führerschein gemacht hatte, war er auf der Landstraße zu schnell gefahren, von der Fahrbahn abgekommen und gegen einen Baum gekracht. Es war Damian sehr unangenehm, dass sie ihm über Philips Kopf hinweg, all diese Dinge erzählte.

Nachdem sie den Raum verlassen hatte, drehte Damian sich zu Philip. „Tut mir leid, dass ich all das über dich erfahren habe. Mein Bruder behandelt mich genauso, also mach dich darauf gefasst, dass du dir auch meine ganze Story anhören musst, wenn er hier aufkreuzt."

Philip hatte nicht geantwortet und heulte nun schon seit Stunden. Damian dachte an die vielen Nächte, die er schon schluchzend in seinem Bett verbracht hatte und war im Nachhinein dankbar, dass er im Akutkrankenhaus ein Einzelzimmer gehabt hatte und sich anschließend in Hanas und Igors Wohnzimmer ebenfalls ohne Zeugen hatte selbst bemitleiden können.

Am darauffolgenden Morgen kam der Orthopädietechniker in sein Zimmer und begutachtete den Stumpf. „Die Operation ist ja jetzt schon drei Monate her, aber da Sie die ganze Zeit wegen des anderen Beines im Bett gelegen haben, denke ich, dass sich die Stumpfform noch verändern wird, wenn Sie beginnen zu gehen. Daher schlage ich vor, wir machen eine vorläufige Prothese und etwa in einem halben Jahr können wir dann eine endgültige Prothese anfertigen." Fritz, so hatte er sich Damian vorgestellt, nahm Maß an dem Stumpf. „Die vorläufige Prothese wird eine einfache mechanische sein, die Ihnen vor allem Sicherheit bietet. Wenn Sie dann mit der Prothese gut zurechtkommen, können wir eine computergesteuerte Prothese für Sie anfertigen, die Ihnen sehr viel mehr Möglichkeiten bietet." Er richtete sich auf. „Ich hole Sie nachher ab, dann machen wir einen Gipsabdruck vom Stumpf, um einen Schaft anzupassen."

Drei Tage später war die vorläufige Prothese bereits fertig und Damian stand zum ersten Mal wieder auf zwei Beinen, während er sich an die Holzbarren klammerte, die sich rechts und links von ihm befanden. Vor ihm kniete

Rüdiger und begutachtete den Schaft, das mechanische Kniegelenk und den Metallstab, der seinen Unterschenkel ersetzte und in einem Turnschuh verschwand. Er schob ein Stück Papier erst unter Damians linken und dann unter Damians rechten Schuh. Unter der rechten Sohle konnte er es problemlos herausziehen. „Du belastest dein gesundes Bein viel stärker. Du musst mehr Gewicht auf die Prothese bringen. Keine Angst, sie hält das aus."

Den Rest der Stunde verbrachte Damian damit, sein Gewicht von einer Seite zur anderen zu verlagern. Trotzdem er noch keinen einzigen Schritt gegangen war, schwitzte er vor Anstrengung und Schmerz. Als er schließlich die Prothese auszog, war der Stumpf rot, geschwollen und tat höllisch weh. Damian war enttäuscht und entmutigt. Das hatte er sich einfacher vorgestellt.

Rüdiger half ihm in den Rollstuhl. „Das wird von Tag zu Tag besser. Der Stumpf gewöhnt sich an die Belastung", versuchte er, ihn zu trösten, was nicht wirklich gelang. Wie sollte er jemals mit der Prothese durch die Stadt gehen oder Treppen steigen? Fritz hatte ihm eine Broschüre auf den Nachttisch gelegt, auf der ein junger Mann zu sehen war, der mit zwei Beinprothesen über eine Aschenbahn sprintete. Was für ein Hohn!

Am Wochenende erhielt Philip Besuch von einer jungen Dame mit langen platinblonden Haaren. Krampfhaft versuchte sie, sich mit Philip zu unterhalten, der mit hochrotem Gesicht im Rollstuhl saß.

„Marie hat jetzt auch angefangen, auf Lehramt zu studieren", erzählte sie und knibbelte an ihren rot lackierten und viel zu langen Fingernägeln herum. „Eigentlich wollte sie ja Kunst studieren."

„Warum hat sie sich anders entschieden?" Philips Stimme klang ziemlich dünn. Viel mehr als „Ja" oder „Nein" hatte Damian bislang von ihm noch nicht gehört.

Die junge Dame zuckte mit den Schultern und schielte auf die Uhr. „Keine Ahnung."

„Es wird ihr schon gefallen."

Sie trippelte von einem Bein auf das andere. Es war ihr anzusehen, wie unwohl sie sich fühlte.

„Möchtest du etwas trinken?", fragte Philip.

Sie schüttelte den Kopf.

„Wir könnten in die Cafeteria gehen", schlug Philip vor.

„Gehen?" Die Frage hatte einen ziemlich fiesen Unterton.

„Na ja, rollen." Philip lachte gequält. Damian streifte ihn mit einem Blick, als er von dem Magazin aufblickte, in dem er geblättert hatte. Philip saß aufrecht im Rollstuhl und versuchte, Haltung zu bewahren, ein hübscher Junge, sicher war er sportlich und beliebt gewesen.

Nach einem kurzen Klopfen an der Tür traten Hana und Igor ein und begrüßten Damian. „Sorry, dass wir so spät sind. Die Umbauarbeiten im *Dusters* haben begonnen und es ist ein riesiges Chaos, den Club trotzdem am Laufen zu halten." Igor hatte Damian davon erzählt, dass er seit längerem plante, ein paar Veränderungen im Club vorzunehmen.

„Hast du einen Teil des Clubs für den Umbau gesperrt?", wollte Damian wissen.

Eifrig erzählte Igor von den Umbaumaßnahmen, bis ihn ein Schluchzen stocken ließ. Offensichtlich hatte die Blondine, von der Damian annahm, dass es Philips Freundin - oder besser zukünftige Exfreundin - war, Hanas und Igors Eintreffen dazu genutzt, sich aus dem Staub zu machen. Mit zitternden Händen angelte Philip nach dem Päckchen Taschentücher, das auf seinem Nachttisch stand und stieß es dabei zu Boden. Hana ging um Damians Bett, hob das Päckchen auf und hielt es Philip hin. Philip zog ein Tuch heraus, schnäuzte sich, sah Hana an und fing wieder an zu weinen. Hana rückte einen Hocker neben Philips Rollstuhl und legte den Arm um ihn, worauf er sich gegen sie lehnte und noch lauter heulte.

„Lass uns in die Cafeteria gehen", flüsterte Damian Igor zu und warf noch einen Blick auf Hana. Sie hatte definitiv eine Begabung dafür, andere zu trösten.

In der darauffolgenden Woche machte Damian kleine Fortschritte. Entlang der Holzbarren probierte er erste Schritte, machte sich mit dem Mechanismus des Kniegelenks vertraut, übte aufzustehen und sich wieder hinzusetzen. Schon nach wenigen Minuten Belastung tat der Stumpf höllisch weh und Damian musste die Zähne zusammenbeißen, um die Dreiviertelstunde, die jeweils für eine Trainingseinheit vorgesehen war, durchzustehen.

„Du machst das super", lobte ihn Rüdiger. „Wenn du jeden Tag mehrfach kurz übst und dazwischen Pausen machst, damit der Stumpf sich erholen kann, wirst du schnell merken, dass es besser wird."

Seit Philip sich von Hana hatte trösten lassen, war er etwas offener Damian gegenüber geworden. „Ich habe einfach keine Lust mehr", sagte er eines Abends, während ein Krimi über den Bildschirm flimmerte. „Wozu soll ich mich quälen? Es bringt doch eh nichts. Für meine Eltern bin ich eine Riesenenttäuschung, seit aus dem zukünftigen Jurastudenten ein nutzloser Krüppel geworden ist und Adriana hat Schluss gemacht."

Damian konnte diesen Gedankengang nur zu gut verstehen. Auch er dachte mehrfach am Tag daran, sterben zu wollen. Philip das mitzuteilen, war jedoch wenig hilfreich, was sogar ihm, einer kompletten Niete in Psychosachen, klar war. „Willst du es dieser Adriana nicht zeigen?"

Philip starrte weiter auf den Bildschirm. „Was soll ich ihr denn zeigen?"

„Dass du das Studium und dein Leben problemlos auch ohne dein Bein und ohne sie geregelt kriegst."

„Was soll das bringen?"

„Genugtuung."

„Und dafür die ganze Plackerei, die Schmerzen und die Demütigungen?"

Damian zuckte mit den Schultern. „Irgendeine Motivation solltest du finden, sonst wird es nicht funktionieren. Stell dir vor, dass du in ein paar Jahren Adriana begegnest. Du bist ein erfolgreicher Anwalt und sprintest auf der Prothese wie der junge Gott hier." Er hielt die Broschüre des Prothesenherstellers hoch. „Adriana dagegen hat eine Dumpfbacke geheiratet, zwei Bälger auf die Welt gebracht, ist aufgegangen wie ein Hefekloß und muss Haushaltsbuch führen. Sie wird es so was von bereuen, dass sie dich hat fallen lassen. Und wenn du dann noch in deinen roten Porsche steigst und mit wummerndem Motor an ihr vorbeifährst, wird sie diejenige sein, die heult."

„Netter Film. Leider Fiktion."

„Mach ihn wahr. Es steht dir frei."

Schweigend beobachteten sie, wie die Bullen in der finalen Verfolgungsjagd den Mörder in die Enge trieben. Was war eigentlich seine Motivation, fragte sich Damian. Wofür tat er das alles? Ihm fiel keine vernünftige Antwort auf diese Frage ein. Er wollte wieder unabhängig werden. Doch er hatte kein Ziel vor Augen, das ihn emotional so in Wallung brachte, dass er sich voller Energie in den

Kampf stürzen wollte. Er musste kleinere Brötchen backen. Sein nächstes Zwischenziel bestand darin, Hana und Igor beim nächsten Besuch aufrecht gehend zu empfangen.

Wenn Damian geglaubt hatte, die Reha sei zur Erholung gedacht, wurde er eines Besseren belehrt. Sein Tagesablauf war von morgens bis abends durchstrukturiert, was er nach der langen Zeit des Liegens nicht mehr gewöhnt war. Mehrere Stunden am Tag verbrachte er mit Physiotherapie, Krafttraining und Gangschule. Der Stumpf wurde durch Massagen und Behandlung mit rauen Oberflächen abgehärtet. Von den Ärzten wurde Damian in den Mobilitätsgrad 3-4 eingestuft, was bedeutete, dass das Ziel nach seiner endgültigen Versorgung war, dass er sich ohne Einschränkung auf freiem Gelände bewegen und dabei die meisten Umwelthindernisse bewältigen konnte. Er sollte in die Lage versetzt werden, Aktivitäten in Beruf und Freizeit nachzugehen, die keine überdurchschnittliche Belastung für die Prothese darstellen.

Noch konnte Damian sich das überhaupt nicht vorstellen, doch er merkte, dass er Fortschritte machte. Jeden Abend fiel er todmüde mit schmerzenden Muskeln ins Bett und schlief wie ein Baby, wofür er sehr dankbar war. In Hanas und Igors Wohnzimmer hatte er nächtelang wachgelegen, gegrübelt und sich von bohrenden Phantomschmerzen fast in den Wahnsinn treiben lassen.

Es wurde auch von Damian erwartet, sich psychologisch begleiten zu lassen. Doch dieser Therapie verweigerte er sich weitgehend. Er war nicht bereit, sich von irgendjemandem in seine zerstörte Seele blicken zu lassen, die schon vor dem Unfall ein Schlachtfeld gewesen war. Die junge Therapeutin, die für ihn zuständig war, versuchte, ihn mit routiniert eingeübten Techniken aus der Reserve zu locken, doch da biss sie auf Granit. Damian konnte sie nicht ausstehen und speiste sie mit nichtssagenden Floskeln ab. Während der Gruppentherapien, die er absitzen musste, übte er sich in vornehmem Schweigen. Auch die seltsamen Übungen, die er vor dem Spiegel machen sollte, um die Phantomschmerzen zu lindern, fand er überflüssig. Dafür trainierte er wie besessen an den Geräten, um seine Muskeln aufzubauen. Nie wieder wollte er sich von seinem Bruder tragen lassen müssen.

Am darauffolgenden Wochenende besuchte Jerko ihn mit Samuel. Sie brachten frische Kleidung mit und ließen sich von Damian die Therapieeinrichtungen der Klinik zeigen. Jerko schien ein Stein vom Herzen zu fallen, als Damian ihm zeigte, wie er bereits einige Schritte mit der Prothese und Unterarmstützen gehen konnte.

„In zwei Wochen holen wir dich wieder ab und nehmen dich mit nach Hause. Und dann kannst du mit der Wiedereingliederung in der Bank beginnen", sagte Jerko, als sie sich von ihm verabschiedeten.

Damian nickte ohne große Begeisterung. Beim Gedanken an seine Arbeitsstelle wurde ihm jedes Mal schlecht.

Eine halbe Stunde vor der Zeit, die Igor ihm durchgegeben hatte, machte Damian sich auf den Weg, da er die Geschwister unbedingt aufrecht gehend in der Halle empfangen wollte. An den Wänden entlang hangelte er sich zum Aufzug, fuhr nach unten und suchte sich in einen Platz, von dem aus er den Eingang im Blick hatte. Als Igor und Hana durch die Schiebetür traten, machte sein Herz einen kleinen Hopser. Er hatte die beiden wirklich vermisst und wäre ihnen sehr gerne entgegengegangen. Doch er traute sich nicht von der Wand weg.

„Damian!", rief Igor und kam auf ihn zu. „Du kannst schon gehen und hast noch nicht mal Krücken dabei!"

Er umarmte Hana und Igor. „Nächstes Mal jogge ich euch ein Stück entgegen. Aber jetzt brauche ich erst einmal eine Pause." Sein Stumpf tat von den wenigen Schritten verdammt weh. „Kann ich mich bei dir einhängen? Ich bin noch ziemlich wackelig unterwegs und muss mich entweder an der Wand entlanghangeln oder irgendwo festhalten." Igor bot ihm seinen Arm an und führte ihn in die Cafeteria, wo sie ein Stück Kuchen aßen, bevor sie einen kurzen Spaziergang durch den Park machten, unterbrochen von Pausen auf den Parkbänken. Dadurch übte Damian auch das Hinsetzen und Aufstehen. Die Sonne schien, doch ein eisiger Wind fegte die letzten Blätter, die sich im Herbst im Gebüsch verfangen hatten, durch den Park. Anschließend brachten Hana und Igor ihn auf sein Zimmer, unterhielten sich noch eine Weile mit Philip und verabschiedeten sich viel zu schnell wieder.

EINE FOLGENSCHWERE
ENTSCHEIDUNG

Die vier Wochen in der Rehaklinik vergingen wie im
Flug und ehe er sich versah, saß Damian wieder neben
seinem Bruder am Esstisch in der Wohnung, die er so
geliebt hatte und die ihm während der vergangenen
Monate so fremd geworden war. Während der Reha
hatten ihn die Fortschritte, die er machte, beflügelt. Doch
nun, wo er im Alltag ständig an kleinen Hindernissen
scheiterte und wo er für jede Handlung, sei es
Körperpflege, Anziehen oder Kleinigkeiten im Haushalt
zu erledigen, Ewigkeiten benötigte, verschwand seine
Euphorie schnell wieder. Alles war so mühsam und jeder
Schritt war schmerzhaft. In der Ergotherapie hatte er
geübt, mit Hilfe seiner Unterarmstützen und einem
Hocker zu duschen, doch unter den idealen Bedingungen
in der Klinik war das so viel einfacher gewesen. Beim
ersten Versuch zu Hause rutschte er ab und knallte auf die
Fliesen. Er schaffte es nicht, sich vom glatten Boden mit
Hilfe seines gesunden Beines auf den Hocker zu hieven.
Dazu waren die Muskeln in seinem linken Bein noch zu
schwach. Hilflos lag er auf dem Boden und es blieb ihm
nichts anderes übrig, als um Hilfe zu rufen. Samuel
stürmte ins Bad und es war Damian unendlich peinlich,
nackt und hilflos vor ihm zu liegen und sich von ihm

helfen lassen zu müssen. Jeden Morgen wurde die Anstrengung, die es ihn kostete, überhaupt aus dem Bett zu steigen, größer. Noch nicht einmal zum Kochen oder Backen hatte er Lust, obwohl Jerko ihm extra einen Küchenhocker besorgt hatte, mit dem er rollen konnte und der höhenverstellbar war, sodass er nicht die ganze Zeit auf der Prothese stehen musste. Jerko und Samuel arbeiteten viel, wodurch Damian fast den ganzen Tag allein in der Wohnung verbrachte. Er war einsam, fühlte sich elend und der kleine Spalt, der sich während der Wochen bei Igor und in der Reha geöffnet hatte und ihm einen Blick auf eine denkbare Zukunft gezeigt hatte, verschloss sich wieder.

Und dann stand sein erster Arbeitstag vor der Tür. Je näher der Termin rückte, desto flauer wurde es Damian im Magen. Gab es nicht irgendeine Möglichkeit, diesen Termin noch hinauszuschieben?

„Es wird schon nicht so schlimm werden", meinte Jerko. „Sobald du den ersten Tag hinter dich gebracht hast, kommst du in die Routine rein und dann tut es dir gut, wieder eine Beschäftigung zu haben. Wie gut, dass du nicht Koch geworden bist, denn dann wäre es nicht so ohne weiteres möglich, wieder einzusteigen."

Damian bezweifelte, dass ihm die Arbeit helfen würde. Wenn Samuel ihn an diesem Morgen nicht zur Bank gefahren hätte, wäre er sicher niemals dort angekommen. Samuel rückte seine Krawatte zurecht und gab ihm einen Kuss. „Du schaffst das."

Mit einem Knoten im Magen trat er durch die Tür. Sein Hinken kam ihm viel stärker vor, als am Tag zuvor.

„Herzlich willkommen, Damian. Wir freuen uns, dass du wieder bei uns bist." Sophia hielt ihm einen Blumenstrauß entgegen und Paul umarmte ihn. Seine Kollegen standen Spalier, um ihn in der Filiale zu begrüßen. Damian wäre am liebsten weggerannt, doch es blieb ihm keine andere Wahl, als mit einem verkrampften Lächeln, Hände zu schütteln. Auch Ines ließ es sich nicht nehmen ihm mit ernstem Blick den Arm zu tätscheln. „Ich finde es so bewundernswert, wie du dein Schicksal meisterst. Ich könnte das nicht." Ihre Stimme triefte vor Mitleid und einer unüberhörbaren Portion Schadenfreude.

Nachdem Damian den Spießrutenlauf hinter sich gebracht hatte, sank er auf seinen Bürostuhl. Man hatte ihm einen anderen Arbeitsplatz zugewiesen. „Hier kannst du in Ruhe deine Aufgaben abarbeiten und hast nicht so einen Stress", pries ihm der Abteilungsleiter die neue Position an. Doch Damian wusste natürlich, was der eigentliche Grund für seine Versetzung war: Er sollte keinen Kundenverkehr mehr haben. Ein einbeiniger Berater mit Augenklappe war kein adäquates Aushängeschild für die Bank, daher versteckte man ihn lieber hinter den Aktenbergen. Der Kundenkontakt war das Einzige gewesen, woran er in seinem Beruf eine gewisse Freude gehabt hatte.

Am Abend kehrte er in eine leere Wohnung zurück und legte sich, ohne etwas zu essen, sich zu waschen oder die Zähne zu putzen ins Bett. Sowohl Jerko als auch Samuel hatten Nachtdienst und würden erst am darauffolgenden Tag nach Hause kommen. Der Stumpf brannte und in unregelmäßigen Abständen schickten seine Nervenbahnen verirrte Signale in sein Hirn, die ihm vorgaukelten, sein nicht mehr vorhandener Unterschenkel bekäme heftige Stromschläge ab. Damian konnte nicht einmal mehr weinen. Sein Leben bestand nur noch aus Schmerz, Rückschlägen und Demütigungen. Der Gedanke an Ines geheuchelte Freundlichkeit und die versteckte Häme in ihrem Blick ließ ihn innerlich noch weiter schrumpfen. Kurz überlegte er, ob er Igor anrufen sollte. Doch als sie das letzte Mal telefoniert hatten, war Igor in Eile gewesen. Der Umbau des *Dusters* war voll im Gang und Igor hatte alle Hände voll zu tun. Und Hana? Sie würde ihn nicht verstehen. Sie hatte so viel Schlimmeres durchgestanden und nicht aufgegeben. Aber er hatte keine Kraft mehr. Er war nicht so stark wie Hana. Für ihn gab es nur noch einen Ausweg.

Den Rest der Woche durchlief er wie ein Roboter. Es war, als habe er auf Notbetrieb umgeschaltet, und alle überflüssigen Emotionen ausgeblendet. Er wartete nur noch auf eine passende Gelegenheit.

Mit einem erfreuten Lächeln setzte Jerko sich an den Esstisch. „Du bist so ausgeglichen, Damian. Das freut mich. Die Arbeit scheint dir zu bekommen."

Mechanisch nickte Damian, doch aus den Augenwinkeln beobachtete er, wie Samuel ihn besorgt ansah.

„Kommst du heute Abend mit ins Kino? Der neue *Avengers* Film läuft", fragte Jerko nach dem Frühstück.

Damian schüttelte den Kopf. „Die Woche war sehr anstrengend." Das war die passende Gelegenheit, dachte er und spürte Samuels forschenden Blick auf sich.

Als Samuel und Jerko sich verabschiedet hatten, um ins Kino zu gehen, ließ Damian Wasser in die Badewanne ein. Hineinzusteigen müsste er schaffen, wieder raus zu kommen, stellte er sich schwierig vor - aber das war ja nicht mehr notwendig.

Die ganze Zeit schon hatte er gewusst, dass es irgendwann soweit sein würde. Und jetzt war der richtige Zeitpunkt. Er fühlte sich leicht und frei. Er spürte der Sehnsucht und dem Abschiedsschmerz nach, er hatte Pläne gehabt und es hatte Einiges in seinem Leben gegeben, das er genossen hatte. Er dachte an die selbstvergessenen Stunden, die er in der Küche herumgewerkelt hatte, auf der Suche nach Perfektion, nach dem ultimativen Geschmack, nach einer Konsistenz, die dem Gaumen schmeichelte und nach Kompositionen, die die Fantasie beflügelten. Dann erinnerte er sich an Sex, an den Geruch und den Geschmack anderer Männer, an die Ekstase, wenn ein Orgasmus ihn überrollte. Und er erinnerte sich an sein erstes Mal im *Dusters*, an die Hände, die seinen Körper erkundeten, an die sanften Küsse in seinem Nacken und noch einmal empfand er das Gefühl nach, das ihn damals ergriffen hatte. Er hatte sich geliebt und angenommen gefühlt. Wie der Unbekannte es geschafft hatte, diese Illusion in ihm hervorzurufen, war ihm mittlerweile egal. Am Anfang hatte er nach dem Mann gesucht, der ihn so gefangen genommen hatte, doch dann war er froh, dass er ihn nicht kannte. Sicher hätte es alles zerstört, die Illusion mit einem konkreten Mann zu verbinden. So konnte er die Erinnerung immer wieder wachrufen und sich wehmütig daran erinnern. Doch damit war jetzt vorbei. Weder Sehnsucht noch Erinnerungen waren stark genug, um ihn von seinem Vorhaben abzubringen. Er würde ins Dunkel sinken und sich auflösen. Und das war gut so. Er durfte nur nicht an Jerko denken, denn dann brachte er es nicht fertig. Samuel würde Jerko auffangen. Lange genug hatte er beobachtet, wie Samuel seinen Bruder auf allen Ebenen berührte. Er hatte die Liebe und das Vertrauen gespürt. Er ließ Jerko nicht allein zurück, Samuel war ja da.

Vorsichtig setzte Damian die Rasierklinge an, führte sie mit sanftem Druck über sein Handgelenk und wartete auf Schmerzen, doch er spürte gar nichts. Blut quoll aus dem Schnitt. Genauso hatte er sich das vorgestellt. Wenn er von seinem Tod träumte, floss immer Blut aus seinem Handgelenk, manchmal spritzte es auch in einer hellen

Fontäne aus ihm heraus. Er hatte überlegt, stattdessen Tabletten zu nehmen, um seinem Bruder die Sauerei zu ersparen, doch es schien ihm vorbestimmt, sich die Pulsadern aufzuschneiden. Unaufhörlich rann der rote Strom von seinem Handgelenk und tropfte in das warme Wasser, wo sich Schlieren bildeten, die sich auflösten und allmählich das Wasser verfärbten. Er war müde, erschöpft, ausgelaugt und schloss die Augen. Alle Sorgen, alles was ihn belastet hatte, fiel von ihm ab, tropfte ins Wasser und löste sich auf.

Ein jämmerliches Schluchzen drang in die gefühllose Dunkelheit, in der er schwamm. „Hör auf", dachte er. „Lass mich in Ruhe!"

Doch das Schluchzen wurde lauter. „Damian, komm zurück! Du darfst mich nicht allein lassen." Es war die Stimme seines Bruders, die ihn endgültig aus der Leere riss, nach der er sich so gesehnt hatte. Warum konnte Jerko ihn nicht gehen lassen? Er wollte nicht zurück. Doch der Sog hatte ihn erfasst und seine Sinne kehrten zurück. Eisige Kälte kroch in ihm hoch und ließ ihn unkontrolliert zittern, dann hörte er piepsende Geräusche von Überwachungsgeräten und spürte eine schwere Last auf seinem Brustkorb. Mühsam hob er die Augenlider und sah Jerkos kurze Haare. Er lag mit dem Kopf auf seinem Brustkorb und hatte die Arme um ihn geschlungen. Der Kopf war so schwer, dass er keine Luft bekam. Als Jerko den Kopf hob, atmete Damian röchelnd ein.

„Damian, tu das nie wieder! Lass mich nicht zurück!" Tränen liefen über Jerkos Wangen. Hatte er seinen Bruder jemals weinen sehen?

„Mir ist so kalt." Mühsam stieß Damian die Worte hervor. Die Zunge lag tonnenschwer im Mund und die Lippen bewegten sich kaum.

„Ich wärme dich." Jerko streifte die Schuhe ab und kroch zu ihm unter die Decke. Zitternd schmiegte er sich an den warmen Körper seines Bruders.

„Damian", flüsterte er. „Ich brauche dich. Ohne dich kann ich auch nicht weitermachen."

War er nicht derjenige, der abhängig von Jerko war? Immer hatte er am Rockzipfel seines großen Bruders gehangen und sich hilflos gefühlt, wenn Jerko sich nicht in seiner Nähe befand. Brauchte sein Bruder ihn etwa auch? Er atmete den vertrauten Geruch ein, der ihn immer beruhigt hatte. Die starken Arme seines Bruders lagen fest um ihn. Seit dem Unfall war es das erste Mal, dass er ihn in den Arm nahm. Er hatte ihn getragen, ihm auf die Toilette geholfen, doch ansonsten hatte Jerko es vermieden, ihn zu berühren. Tränen sammelten sich in Damians Augen, als sein Bruder ihn auf die Stirn küsste.

Erneut wurde die Bettdecke angehoben und ein weiterer Körper drängte sich von hinten an ihn. Samuel legte den Arm um ihn und seinen Bruder. Langsam wurde ihm wärmer und das Zittern ließ nach.

EINE NEUE ORDNUNG

„Wie geht es Ihnen heute, Damian?" Samuels Chef kümmerte sich persönlich um ihn, was er zunächst ziemlich beklemmend gefunden hatte. Doch Professor Sanders pragmatische Herangehensweise und die unaufgeregte, sachliche Stimmung, mit der er die Gespräche führte, halfen Damian, sich ihm zu öffnen. Jerko und Samuel hatten darauf bestanden, dass er nach seinem Selbstmordversuch in der psychiatrischen Abteilung aufgenommen wurde.

„Ganz gut."

„Mussten Sie heute schon die Strategien anwenden, die wir besprochen haben?"

„Nein, das war nicht nötig." In den vergangenen Wochen hatte er mit Professor Sanders einen Notfallplan erstellt, der ihm helfen sollte, wenn er dabei war, in ein Loch zu fallen. Zuerst hatte er sich gegen die Therapie gewehrt, es war ihm unangenehm und überflüssig erschienen. Was sollte er in der Psychiatrie? Doch schließlich hatte er sich in sein Schicksal gefügt und versucht, anzunehmen, was die Therapeuten ihm anboten. Zunächst einmal musste er erkennen, wenn er auf den Abgrund zusteuerte. Er musste die Zeichen deuten und realisieren, wenn er sich in eine Sackgasse manövrierte.

Und dann gab es Gedankenpfade und Strategien, mit denen er sich selbst aus dem Sumpf ziehen konnte. Er hatte eine Liste zusammengestellt, die er immer bei sich trug und auf der er Tätigkeiten notiert hatte, die ihn beruhigten. Ganz oben auf der Liste standen Backen und Kochen, doch da das nicht immer möglich war, hatte er auch eine Playlist seiner Lieblingsmusik zusammengestellt, auf die er zurückgreifen konnte. Auf dem Notfallplan standen auch die Menschen, die er anrufen sollte, wenn er wieder Selbstmordgedanken hatte. Natürlich standen Jerko und Samuel darauf, aber auch Igor und Hana. Mit allen hatte er darüber gesprochen und es vermittelte ihm Sicherheit, ihre Namen und Telefonnummern auf dem Plan stehen zu haben.

„Was haben Sie an Ihrem Leben geändert, seit dem Tag, an dem Sie eingeliefert wurden?"

„Ich habe meinen Job gekündigt." Damian seufzte. Jedes Mal, wenn er es aussprach, spürte er die Erleichterung, diesen Schritt gegangen zu sein. „Und ich habe mich mit meinem Bruder ausgesprochen." Sie führten diese Unterhaltung nicht zum ersten Mal. Er sollte es sich immer wieder bewusst machen, dass es Veränderungen gegeben hatte und dass er nicht in das Leben zurückkehrte, aus dem er hatte scheiden wollen.

Die Gespräche mit Jerko waren schwierig gewesen. Gemeinsam mit Professor Sanders hatten sie über ihre Beziehung gesprochen. Damian hatte ausgesprochen, dass er Jerko manchmal hasste, weil er so perfekt war und Damian sich so abhängig von ihm fühlte. Danach war er erleichtert gewesen.

„Wir müssen aber noch ein paar Dinge angehen." Professor Sanders schlug die Beine übereinander.

Damian senkte den Blick. „Ich weiß."

„Worüber möchten Sie noch mit Ihrem Bruder sprechen?"

„Über die Vergangenheit und über die Zukunft." Es war schrecklich gewesen, als Professor Sanders begonnen hatte, mit ihm über seine Kindheit zu sprechen. Und er hatte mehrere Anläufe gebraucht, um zu erzählen, was damals geschehen war. Es auszusprechen, brachte all die Erinnerungen zurück.

„Sie müssen mit mir nicht darüber reden", hatte Professor Sanders ihm versichert. „Wir reden über die Gegenwart und die Zukunft. Nur wenn es Ihnen hilft, die Gegenwart einzuordnen und ihre Zukunft besser zu planen, sprechen wir über die Vergangenheit."

Nachdem er einige Tage darüber gebrütet hatte, war er zu dem Schluss gekommen, dass er über seine Kindheit reden wollte. Zu lange hatte er alles vergraben und überspielt. Vielleicht half es ihm. Vielleicht fand er dann einen Weg zurück ins Leben.

Jerko saß Damian gegenüber und knetete seine Hände. Er hasste die Gespräche mit Professor Sanders und hatte sich nur Damian zuliebe für ein weiteres Gespräch in dem Gruppenraum auf der Station eingefunden.

„Danke, dass Sie gekommen sind", eröffnete Professor Sanders das Gespräch. „Damian möchte noch ein paar Themen mit Ihnen besprechen und hat mich gebeten, ihn dabei zu unterstützen."

Jerko nickte und rutschte unruhig auf seinem Stuhl hin und her.

Damian suchte seinen Blick. „Ich möchte über unsere Kindheit sprechen."

„Was gibt es da zu besprechen?"

„Ich weiß, dass du damals alles für mich getan hast. Viel mehr, als man von einem Teenager erwarten kann."

Jerko sprang auf. „Was soll das heißen? Du hast mir schon vorgeworfen, dass du dich als Versager fühlst, weil ich angeblich zu perfekt bin. Was willst du mir jetzt noch an den Kopf werfen? Bin ich auch daran schuld, dass Mutter dich verprügelt hat?"

„Du hast dich gewehrt, Jerko. Danach hat Mutter aufgehört, dich zu schlagen. Dafür hat sie mich doppelt so oft verdroschen."

Jerko ließ sich auf den Stuhl fallen und schlug die Hände vors Gesicht. „Damian, ich halte das nicht mehr aus. Ich war immer der Meinung, dass ich alles getan habe, was in meiner Macht stand, um dich zu schützen. Du bist der wichtigste Mensch in meinem Leben und ich habe meine eigenen Wünsche und Bedürfnisse immer hinter dein Wohl gestellt. Warum machst du mir jetzt Vorwürfe?"

„Damian macht Ihnen keine Vorwürfe, Jerko", mischte Professor Sanders sich ein. „Er versucht nur, seine Gefühle zu sortieren und zu formulieren."

„Es gibt keinen besseren Bruder, Jerko. Das weiß ich. Aber damals war ich ein Kind und habe nur gesehen, dass ich verprügelt werde, während du bei deinem Freund bist. Ich kann die Bitterkeit nicht vergessen, die ich damals empfunden habe."

„Aber warum müssen wir das jetzt aufarbeiten? Warum verletzt du mich? Hilft es dir? Dann versuche ich, es zu ertragen. Oder willst du unsere Beziehung zerstören? Wir sind alles, was wir haben, Damian." Jerko verstand ihn nicht. Warum warf er ihm all diese Dinge vor? Er erwartete ja nicht, dass Damian dankbar war für all die Opfer, die er gebracht hatte, doch er hatte schon gedacht, dass Damian sie zumindest sah und seine Bemühungen anerkannte.

„Wir sprechen darüber, weil ich es zu Hause nicht mehr aushalte. Es muss Veränderungen geben."

„Dann bitte ich Samuel, auszuziehen. Du bist mein Bruder." Dieses Angebot zu machen, fiel Jerko schwer und erfüllte ihn mit Bitterkeit. Musste er auch noch die Beziehung zu Samuel aufs Spiel setzten, um seinen Bruder zufriedenzustellen? Er liebte Samuel und konnte sich ein Leben ohne ihn und seinen unerschütterlichen Beistand, egal wie schräg Jerko sich benahm, nicht mehr vorstellen und er wollte es auch nicht. Warum machte er seinem Bruder überhaupt diesen Vorschlag? War es einfach nur noch eine Gewohnheit, dass er alles für Damian opferte?

Damian schüttelte den Kopf. „Wir würden nur wieder in dieselben Muster verfallen. Samuel ist gut für dich. Er liebt dich."

Jerko stand auf und lief hin und her. „Was schlägst du dann vor? Ich komme mir wirklich bescheuert vor. Du hast das alles schon mit Professor Sanders besprochen, dich auf dieses Gespräch vorbereitet und lässt mich jetzt ins Messer laufen."

Mühsam richtete Damian sich auf. Man sah ihm an, dass noch immer jeder Schritt eine Qual war. Er hinkte zu Jerko und stellte sich ihm in den Weg. „Jerko, ich liebe dich. Aber seit dem Unfall machen wir uns gegenseitig das Leben schwer. Du kannst mir momentan nicht helfen und ich bin schuld daran, dass du Samuel nicht wirklich in dein Leben lässt. Samuel ist geduldiger und zäher als ich für möglich gehalten hätte. Aber ich weiß nicht, wie lange er es noch aushält, dass du ihn so hängen lässt."

„Aber Igor, der kann dir helfen?" Sogar Jerko selbst hörte den Groll in seiner Stimme.

„Ja, Hana und er helfen mir. Ich möchte bei den beiden wohnen."

„Hast du dir schon mal die Frage gestellt, warum Igor so viel für dich tut? Was will er von dir?"

„Wie du schon sagst, sollte ich mir diese Frage stellen und nicht du. Das geht dich nichts an."

Jerko schnaubte.

„Ich liebe dich", wiederholte Damian und breitete die Arme aus.

Jerko zögerte kurz, bevor er seufzend einen Schritt auf Damian zuging und ihn umarmte. „Ich will doch nur, dass du glücklich bist."

„Du sollst auch glücklich sein. Samuel ist ein Geschenk. Lass ihn nicht wieder gehen."

„Das geht dich auch nichts an."

Damian lachte. „Da hast du wohl recht."

Jerko legte den Kopf auf Damians Schulter. Vielleicht hatte Damian recht und Igor konnte ihm besser helfen als er selbst. Es war nicht zu übersehen, dass Igor Damian liebte. Sein eisiger Blick wurde nur dann etwas weicher, wenn er auf Damian lag. Doch war Igor wirklich der richtige Mann für ihn? Jerko konnte sich das gar nicht vorstellen, Igor war so hart, so schweigsam und so unnahbar. Samuel mit seiner offenen, liebenswerten Art hatte Damian berühren können. Doch Samuel gehörte jetzt ihm und er brauchte ihn. Noch nicht einmal für seinen Bruder würde er auf Samuel verzichten wollen. Sein Brustkorb öffnete sich, als er an seinen Partner dachte, dem er es auch zu verdanken hatte, dass er seinen Bruder überhaupt noch im Arm halten konnte. Während des Kinofilms war er unruhig neben ihm hin und her gerutscht. Erst dachte er, es sei, weil Samuel solche Filme nicht mochte und nur ihm zuliebe den Streifen ansah. Doch dann flüsterte Samuel ihm zu, dass er sich Sorgen um Damian mache, weil er sich so komisch benommen habe. Zunächst nahm er das nicht ernst, doch als Samuel ankündigte, dass er jetzt gehen würde, um nach Damian zu sehen, hatte er das Kino mit ihm verlassen. Dadurch hatten sie ihn rechtzeitig gefunden. Er schloss die Arme noch etwas fester um seinen Bruder. Vielleicht musste er ihn loslassen, so wie Samuel und auch Ralf es ihm schon geraten hatten, damit Damian stabiler werden konnte.

„Was hältst du davon, wenn wir ein paar Tage wegfahren, bevor du wieder zu uns ziehst?" Igor saß ihm gegenüber in der Cafeteria und rührte in der Tasse. Igor und Hana waren seine Rettungsanker. Fast jeden Tag hatte Igor zumindest kurz nach ihm gesehen und solange er da war, ging es ihm gut. Er hatte mit Professor Sanders darüber gesprochen, wie gut Igor ihm tat und dass er sich in dessen Haus viel besser gefühlt hatte, als in seiner eigenen Wohnung mit Jerko und Samuel.

Auch Professor Sanders hatte Damian gefragt, warum Igor so viel für ihn tat und natürlich geisterte die Frage in Damians Kopf herum. Doch nach einiger Überlegung beschloss er, dass er zu diesem Zeitpunkt gar keine Antwort finden wollte. Igor forderte nichts, ließ ihm Zeit und alles andere würde sich finden.

Professor Sanders hatte ihm geraten, mit Igor und Hana zu sprechen, und die beiden hatten ihm versichert, dass sie sich freuen würden, wenn er auch weiterhin bei ihnen wohnen würde. Vielleicht war er ja irgendwann soweit, sich eine eigene Wohnung zu suchen und allein zurechtzukommen. Doch der Gedanke, Hana und Igor an seiner Seite zu wissen, beruhigte ihn.

„Du meinst, wir sollen einen Urlaub machen?"

„Einfach mal weg, Abstand gewinnen und alles sortieren, bevor du dir dein Leben neu aufbaust."

„Klingt verlockend."

„Samuel hat mir erzählt, dass du gerne in die Bretagne fahren würdest."

„Davon träume ich schon lange."

„Möchtest du mit mir in die Bretagne fahren?"

Damian blinzelte. „Ist das dein Ernst?"

„Ich würde mich sehr freuen."

„Was ist mit dem Umbau? Du kannst doch nicht weg."

„Wir sind fast fertig, den Rest bekommt Theodor auch ohne mich hin."

Damian wusste nicht, was er sagen sollte. Auf der einen Seite würde er wahnsinnig gerne den Atlantik sehen, doch auf der anderen Seite war er mit der Prothese so eingeschränkt und abhängig von Igor. Ihre Blicke trafen sich. Okay, er würde damit klarkommen, von ihm abhängig zu sein. Igor war der einzige Mensch, bei dem ihm der Gedanke daran kein Unbehagen bereitete.

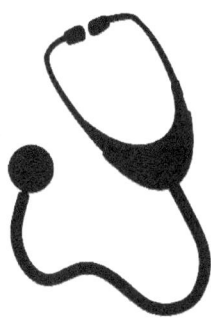

VERGELTUNG

Igor holte Damian am frühen Vormittag im Krankenhaus ab und fuhr in Richtung Frankfurt. „Wir haben dort noch etwas zu erledigen."

„Wir?"

Igor brummte nur. Damian sah ihn von der Seite an, doch sein Gesichtsausdruck war so hart, dass er davon absah, nachzubohren. Er war ohnehin mit seinen eigenen Gedanken ziemlich beschäftigt. Professor Sanders hatte gemeint, die Reise sei eine gute Idee, doch Damian hatte Sorge, ob er sich damit nicht übernahm. Samuel war begeistert gewesen, als er ihm von Igors Vorschlag erzählte, während Jerko zurückhaltend reagierte. Als sie nochmals unter vier Augen miteinander sprachen, wünschte er ihm viel Glück. „Das ist keine Einbahnstraße, Damian", sagte er. „Die Wohnung gehört dir genauso wie mir und steht dir jederzeit offen. Ich wünsche mir so, dich glücklich zu sehen. Vielleicht habe ich mich zu sehr in dein Leben eingemischt und damit alles nur noch schlimmer gemacht."

Damian legte seine auf Jerkos Hand, mit der er unruhig über die Tischplatte wischte. „Danke, Bruder. Für alles."

Igor drehte die Musik lauter. Von den aggressiven Beats bekam Damian Kopfschmerzen, er war das nicht mehr gewöhnt. Doch ihm war klar, dass Igor das - aus welchem Grund auch immer - gerade nötig hatte. Daher beschwerte er sich nicht und blickte aus dem Fenster. Was Igor in Frankfurt wohl vorhatte? Nun, er würde es schon noch erfahren. Während der sechsstündigen Fahrt an die Metropole am Main, hielt Igor nur einmal an, damit sie auf die Toilette gehen und sich einen Kaffee kaufen konnten. Igor lenkte den Wagen durch den dichten Verkehr, am Hauptbahnhof vorbei in eine Straße, die eindeutig nicht zum noblen Bankenviertel gehörte. Leuchtreklame, auf der Damen mit wenig Bekleidung zu sehen waren, wiesen auch Analphabeten den Weg in die Etablissements, die sich rechts und links der engen Straße aneinanderreihten.

Igor schrieb eine SMS, worauf sich ein Tor öffnete. Er parkte den Wagen in einem Innenhof zwischen zwei schwarzen Limousinen. Auf den ersten Blick war erkennbar, dass das Haus, das sie durch einen Hintereingang betraten, ein Bordell war. Eine schlanke, blonde Frau Mitte fünfzig kam auf sie zu. „Igor, schön, dich mal wieder zu sehen."

„Hallo Layla, wie geht es dir?"

„Man kämpft sich so durch." Sie reichte Damian die Hand und musterte ihn neugierig. „Und du musst Damian sein."

„Der bin ich wohl." Er sah anscheinend ziemlich verwirrt aus, denn Layla lachte und fragte Igor: „Weiß er nicht Bescheid?"

Igor schüttelte den Kopf.

„Na, dann bringe ich euch mal zu Stanislav. Er ist unten."

„Und die beiden?", fragte Igor.

„Auch."

Layla führte Igor und Damian durch einen Empfangsbereich, in dem zwei junge Frauen in Minikleidern gelangweilt herumsaßen. Für die Kundschaft war es wohl noch zu früh. Über ein Treppenhaus stiegen sie in den Keller, wo Layla vor einer schweren Eisentür stehen blieb und einen Zahlencode in ein Türschloss eintippte. Ein dunkler Gang führte zu einer weiteren schweren Tür. Layla klopfte an und ein untersetzter Mann mit grauen Haaren trat heraus. „Hallo Schatz." Er küsste Layla auf die Wange, bevor er Igor umarmte. „Gut dich zu sehen, es ist lange her."

„Danke, Stanislav. Hat alles geklappt?"

„Sie sind schon weichgekocht." Er grinste und ließ dabei einen goldenen Eckzahn blitzen.

Igor drehte sich zu Damian um. „Hier drinnen sind die beiden Männer, die für deinen Unfall verantwortlich sind."

Damian wich einen Schritt zurück und stolperte über seine Prothese. Igor konnte ihn gerade noch auffangen. „Ich will sie nicht sehen! Warum hast du mir nicht gesagt, dass du sie hier treffen willst?"

„Ich war mir nicht sicher, ob sie auch wirklich hier sein würden. Vor einiger Zeit hat Stanislav die Männer in Frankfurt aufgespürt und die Polizei informiert, dass sie den Unfall verursacht haben. Die Polizei hat sie verhört und dann wieder laufen lassen, obwohl Lianzhou, der Asiate, mit dem du an dem Abend zusammen warst, ausgesagt hat, dass sie es waren. Die Beweise seien nicht ausreichend. Stanislav hat sie seither im Auge behalten, damit wir sie bestrafen können."

„Ich will sie nicht bestrafen und vor allem will ich sie nicht sehen."

Stanislav legte die Hand auf seinen Arm. „Keine Angst, die Kerle werden dich nicht sehen oder hören, aber du kannst sie sehen und hören. Auf meinen kleinen Verhörraum hier unten bin ich echt stolz, er ist sehr professionell."

„Bitte komm mit rein, damit du die Sache abschließen kannst", bat Igor.

„Ich habe nicht das Bedürfnis, auf diese Art mit dem Unfall abzuschließen." Es widerstrebte Damian, den Raum zu betreten.

„Aber ich habe das Bedürfnis, Rache zu nehmen für das, was sie dir angetan haben. Und ich bitte dich, mich zu begleiten." Damian erwiderte Igors Blick. Zum ersten Mal, seit er ihn kannte, war die Neutralität gewichen. Igors Blick war hart, kalt und unbarmherzig. Damian erschauerte. Es war gut, Igor an seiner Seite zu haben, doch als Feind wollte er ihm nicht gegenüberstehen. Er nickte, obwohl sich alles in ihm dagegen sträubte und er am liebsten davongelaufen wäre.

Igor legte den Arm um ihn und schob ihn in einen schmalen Raum, der durch eine Scheibe von einem größeren Raum abgetrennt war. Zwei Männer saßen auf Stühle gefesselt auf der anderen Seite und über einen Lautsprecher hörte er sie winseln. Trotzdem ihnen Blut aus den Mundwinkeln und der Nase lief, erkannte Damian sie sofort und fing an zu zittern.

„Wir haben ihnen gesagt, dass du durch den Unfall ums Leben gekommen bist und wir Rache für das nehmen werden, was sie dir angetan haben", erklärte Stanislav. „Was sollen wir tun? Ich amputiere ihnen gerne jeweils mit einem sauberen Schnitt ein Bein."

„Nein!", schrie Damian. „Das will ich nicht."

„Wir haben sie schon windelweich geprügelt, wie du sehen kannst." Die Männer sahen völlig fertig aus und hatten eingenässt. Unablässig murmelten sie vor sich hin und baten um Gnade. Damian drehte sich der Magen um. „Ich will hier raus", keuchte er und stolperte zur Tür.

Igor begleitete ihn aus dem Raum. „Bis hierher war das meine Rache. Jetzt entscheidest du, wie es weiter geht."

„Lasst sie laufen. Ich will keine Vergeltung, ich will nur mit meinem Leben irgendwie weiter machen", murmelte Damian, nachdem er sich übergeben hatte.

„In Ordnung", sagte Igor.

„Können wir ihnen nicht wenigstens ein Ohr abschneiden oder einen Finger?", bat Stanislav.

Damian erbrach sich erneut auf den Betonboden.

„Du hast ihn gehört", sagte Igor. „Es ist seine Entscheidung."

„Na gut", willigte Stanislav sichtlich enttäuscht ein.

Kurze Zeit später befanden sie sich wieder auf der Autobahn in Richtung Frankreich. Damian war entsetzt und verstört. Mit einer derartigen Aktion hatte er im Leben nicht gerechnet. Plötzlich wusste er nicht mehr, was er von Igor halten sollte. „Ich möchte anhalten", platzte es aus ihm heraus. „Das war zu viel für mich. Ich wollte das nicht und du hättest mich fragen müssen, bevor du mich in so etwas reinziehst. Ich weiß überhaupt nicht mehr, wer du bist."

Igor nickte, fuhr an der nächsten Abfahrt von der Autobahn und steuerte ein Motel an, wo er zwei Zimmer nahm. „Ich verstehe dich und lasse dich gleich in Ruhe", sagte er, nachdem er Damian mit seiner Reisetasche in einem Zimmer abgeliefert hatte. „Vorher möchte ich aber noch kurz mit dir sprechen."

Damian setzte sich aufs Bett und sah ihn an.

„Es tut mir leid, wenn ich dich damit überrumpelt habe. Es tut mir auch leid, wenn ich mein eigenes Bedürfnis nach Vergeltung auf dich projiziert habe. Doch ich konnte die Männer nicht einfach gehen lassen. Sie haben dich fast umgebracht. Wegen dieser Arschlöcher hast du ein Bein und ein Auge verloren. Das kann ich nicht hinnehmen und ich musste dich wissen lassen, dass ich es nicht kann. Ich bin immer noch der Igor, der ich gestern für dich war, aber das, was du heute gesehen hast, war auch schon vorher ein Teil von mir. Ich hoffe, du kommst damit klar, weil ich wirklich gerne mit dir nach Frankreich fahren möchte. Wenn du damit nicht zurechtkommst, fahren wir zurück und machen, was auch immer du tun möchtest."

Damian nickte. Igors Blick war wieder ruhig und klar. Er nickte ihm nochmals zu und verließ dann das Zimmer. Damian ließ sich aufs Bett fallen und schloss die Augen. Das Bild der jämmerlichen, um Gnade flehenden Gestalten würde er nie wieder aus dem Kopf bekommen. Natürlich hatte er die zwei Männer verflucht und ihnen die Pest an den Hals gewünscht, als er verzweifelt im Krankenhaus gelegen hatte. Doch als sie gefesselt vor ihm gesessen hatten, war sein Wunsch danach, es ihnen heimzuzahlen, nur sehr gering ausgeprägt gewesen. Trotzdem konnte er natürlich Igors Wunsch danach, ein Verbrechen zu bestrafen, nachvollziehen. Der Ausdruck in seinen Augen war unbarmherzig gewesen. Doch wenn er darüber nachdachte, war das nicht überraschend. Schon als er Igor vor vielen Jahren zum ersten Mal im *Dusters* gesehen hatte, waren ihm die harten Züge aufgefallen, die sein Gesicht trug. Damals hatte ihn das nicht gestört, sondern eher beruhigt, denn es war klar, dass Igor den Club im Griff hatte. Es war ein sicherer Ort, weil der Chef dafür sorgte, dass die Regeln eingehalten wurden. Was hatte Igor so hart gemacht? Damian dachte an die Verbrennungsnarben an Igors Oberkörper. Noch immer wusste Damian nicht, was Hana und Igor erlebt hatten und wie sie sich die schweren Verbrennungen zugezogen hatten. Ein paarmal hatte Damian vorsichtig nachgefragt, doch die Geschwister waren nicht darauf eingegangen. Igor und Hana waren in muslimischem Glauben erzogen worden, wenn sie ihn auch nicht mehr praktizierten. Ursprünglich stammten sie aus Bosnien und Hana hatte den Krieg erwähnt. Was hatten sie erlebt? Wo war ihre Angehörigen? Waren sie als Bosniaken den ethnischen Säuberungen zum Opfer gefallen? Sicher gab es Gründe für Igors Wunsch nach Vergeltung. Er hatte die Männer wegen des Unrechts, das sie ihm, Damian, angetan hatten, zur Rechenschaft gezogen. Für ihn hatte er die Männer suchen und bestrafen lassen.

Seufzend erhob sich Damian vom Bett und ging ins Bad, um sich einen Schwall kaltes Wasser ins Gesicht zu klatschen. So sehr ihn die Ereignisse des Tages erschreckt hatten, änderte es doch nichts daran, dass er Igor vertraute und dass er mit ihm in die Bretagne fahren wollte.

Es klopfte an der Tür. Igor hielt ihm eine braune Papiertüte entgegen. „Du hast noch nichts gegessen."

„Danke."

„Gute Nacht." Schon war Igor wieder verschwunden. Morgen würde er mit ihm reden.

Am nächsten Tag holte Igor ihn ab und checkte aus, bevor er ihn fragend ansah.

„Gehen wir frühstücken? Dann können wir in Ruhe reden", schlug Damian vor.

Igor nickte und suchte mit Hilfe des Smartphones nach einem Café in der Nähe. Kurze Zeit später saßen sie sich gegenüber und bestellten Frühstück.

Igor räusperte sich. „Ich möchte mich nochmal bei dir entschuldigen. Du hast recht, es war nicht in Ordnung, dass ich dich da reingezogen habe, ohne dich zu fragen."

„Es ist schon okay. Deinen Wunsch, die Kerle zu betrafen, kann ich nachvollziehen, auch wenn ich dieses Verlangen nicht spüre."

Die Kellnerin brachte ihnen Tassen. Damian goss einen Schluck Milch in die schwarze Flüssigkeit und beobachtete, wie sich die Farben vermischten. „Ich träume noch von dem Unfall. Immer wieder sehe ich die beiden Männer vor mir, wie sie mich hämisch angrinsen und vor sich her schubsen." Er blickte auf. „Heute Nacht habe ich auch davon geträumt. Aber sie haben nicht mehr gegrinst, sondern geheult und sich in die Hosen gemacht. Es war ein schöner Traum."

Erleichtert atmete Igor aus. „Dann willst du weiterfahren?"

Damian lächelte ihn an. „Unbedingt. Ich hoffe nur, dass du niemals so sauer auf mich wirst, wie auf die beiden."

Igor legte ihm die Hand auf den Arm. „Das kann gar nicht geschehen. Du hast keine Bosheit in dir."

„Ich bin kein Engel", erwiderte Damian. „Auch ich kann unfair und gemein sein."

„Das ist etwas anderes und glaube mir, diesen Unterschied erkenne ich."

Im Vergleich zum Vortag war Igor wie ausgewechselt, wenn er auch nicht wesentlich mehr redete. Leise summte er *Simon and Garfunkels* „Bridge Over Troubled Water" mit und fuhr mit gemächlicher Geschwindigkeit nach Westen. Er warf Damian einen kurzen Blick zu. „Alles in Ordnung?"

„Ja, es geht mir gut."

„Du willst doch sicher auch wieder Auto fahren, oder?"

„Ja, eigentlich schon. Jerko hat angekündigt, dass er einen neuen Wagen kaufen will, eine Spezialanfertigung, die man mit dem linken Fuß bedienen kann."

„Und mit einem Auge darfst du auch noch fahren?", fragte Igor.

„Ja, Jerko hat sich auch diesbezüglich schlaugemacht. Da ich auf dem linken Auge sehr gut sehen kann, darf ich den Führerschein behalten."

„Klingt gut."

Damian war sich nicht ganz sicher. Klar würde er gerne wieder Autofahren, doch er hatte auch Angst vor jedem neuen Hindernis. Vielleicht würde er es nicht bewältigen können.

Um die Mittagszeit lenkte Igor den Wagen in die Innenstadt von Metz, wo sie die beeindruckende Kathedrale mit den wunderschönen Glasfenstern von Marc Chagall besichtigten und ein leckeres Mittagsmenü in einem kleinen Restaurant verspeisten. Nach einer Tasse Kaffee spazierten sie zurück zum Wagen und fuhren weiter.

„Möchtest du einen Zwischenstopp in Verdun machen?"

„Verdun? Möchtest du?" Damian sah Igor von der Seite an. Besonders erpicht war er nicht auf Kriegsdenkmäler, Gräber und das beklemmende Gefühl der kollektiven Schuld.

„Ja, ich würde es gerne sehen. Die Schrecken des Krieges werden so schnell vergessen und niemand würdigt die Menschen, die sinnlos ihr Leben gelassen haben. Ich denke, es ist wichtig, sich zu erinnern." Igor blickte starr durch die Windschutzscheibe auf die

Autobahn. Wie üblich konnte man seiner Miene nichts entnehmen.

Langsam schritten sie durch die große Halle, die sich in zwei Flügel teilte. Die Wände waren dicht an dicht mit Gedenktafeln behängt. In der Stille hallten Damians unregelmäßige Schritte störend laut. Er hatte sich bei Igor eingehängt. Auf diese Weise kam er auch ohne die Unterarmstützen ganz gut zurecht – zumindest für eine überschaubare Strecke. Damian ließ den Blick über die Namen der Männer schweifen, deren Geburts- und Sterbedatum in die Metallplatten eingraviert waren. Die meisten Männer waren gefallen, als sie noch jünger gewesen waren als er selbst. Sie waren einen sinnlosen Tod gestorben, noch bevor sie richtig gelebt hatten. Und Damian mochte sich nicht vorstellen, wie sehr manche von ihnen gelitten hatten, bevor sie erlöst worden waren. Niemand hatte sich um sie gekümmert, wenn ihre Gliedmaßen abgetrennt worden waren oder Granatsplitter ihnen das Augenlicht genommen hatten. Sie waren nicht wie er in ein exzellent ausgestattetes Krankenhaus gefahren und von Spezialisten operiert worden, sondern hatten irgendwo in den Schützengräben gelegen, wo sie qualvoll ihren Verletzungen erlegen waren. Damian schämte sich, dass er versucht hatte, sich das Leben zu nehmen. Igor, sein Bruder, die Ärzte, sie alle hatten um sein Leben gekämpft und er hatte es wegwerfen wollen.

Schweigend blieben sie vor der nächsten Nische stehen und lasen die Gravuren. Igors Gesichtszüge waren wie versteinert. Keine Regung spiegelte sich auf seinem Gesicht, doch Damian spürte das Beben unter der Oberfläche. Er deutete auf ein Täfelchen. „Dieser Junge ist an seinem siebzehnten Geburtstag gefallen." An diesem Tag hätte er feiern sollen. Glückwünsche, Umarmungen und Küsse hätten ihn umfangen sollen und er hätte Pläne für seine Zukunft schmieden sollen. Stattdessen war sein junges Leben ausgelöscht worden und nichts war übrig geblieben, außer diesem Messingtäfelchen.

Als sie aus der kühlen Halle und dem gedämpften Licht ins Freie traten, blendete sie die Sonne, die noch hoch über dem Horizont stand. Der strahlend blaue Himmel über den endlosen Reihen weißer Kreuze, schien das Leid zu verhöhnen, das sich hier abgespielt hatte. Sie standen eine Weile oberhalb der großen Wiese und starrten auf die in Reih und Glied angeordneten Gräber. Langsam spazierten sie zurück zum Parkplatz und fuhren durch das Kiefernwäldchen zurück zur Autobahn. Die Natur hatte das Gelände zurückerobert und die Spuren verwischt. Doch noch immer konnte man die Erhebungen erkennen, die die Soldaten aufgeworfen hatten und hinter denen sie wochenlang ausgeharrt hatten, um zu töten und um getötet zu werden.

Igor sprach den ganzen Nachmittag kein Wort mehr. Sie checkten im *Cheval Rouge* in Sainte-Menehould ein, in dem Igor ein Doppelzimmer reserviert hatte. Er trug die Reisetaschen nach oben. „Ich gehe gleich ins Bett", sagte er.

„Hast du keinen Hunger?"

Igor schüttelte den Kopf und wand sich ab. Offensichtlich wollte er allein sein. Damian griff nach den Unterarmstützen und suchte nach dem Restaurant des Hotels. Es befand sich auf der anderen Seite der Straße und die Bürgersteige waren ziemlich hoch. Damian holte tief Luft und stakste über die Straße. Er erreichte unfallfrei die Brasserie, ließ sich die Quiche und den Cidre schmeckten und nahm sich Zeit. Wenn Igor Freiraum brauchte, sollte er ihn haben. Er kannte das von seinem Bruder.

Es war schon nach Mitternacht, als Damian die Zimmertür aufschloss und sich so geräuschlos wie möglich auszog. Mit der Prothese gelang ihm das jedoch nur bedingt. Als er sich endlich auf die Laken sinken ließ, hatten sich seine Augen an das fahle Licht gewöhnt, das von einer Straßenlaterne in den Raum fiel. Er blickte zum Nachbarbett, in dem Igor mit offenen Augen auf der Seite lag und ihn beobachtete. „Habe ich dich geweckt?", fragte Damian.

Igor schüttelte den Kopf.

Was ging nur in ihm vor? Konnte er ihm irgendwie helfen? Seufzend setzte Damian sich wieder auf. Zumindest konnte er versuchen, ihm beizustehen. Seit dem Unfall war Igor für ihn dagewesen, vielleicht war jetzt der Zeitpunkt, an dem er umgekehrt Igor die Situation erträglicher machen konnte. Er stellte sich auf sein Bein und überbrückte die Distanz mit einem kleinen Hopser, bevor er sich auf Igors Bettkante niederließ. Igor lud ihn nicht ein, indem er die Bettdecke anhob, doch er schickte ihn auch nicht weg. Damian legte sich auf die Seite und verfluchte Igors undurchdringliche Miene, für die er in anderen Situationen schon dankbar gewesen war. Wenn er nur ein klein wenig von sich preisgeben würde. Er griff nach Igors Hand, die wie eine Barriere zwischen ihnen lag. Wie immer war sie warm und kräftig, doch Igor erwiderte Damians sanften Druck nicht. Sie blickten sich in die Augen und Damian meinte, ein leichtes Zucken um Igors Mundwinkel zu erkennen, der starre Ausdruck schien einen Moment lang weicher und verletzlicher zu werden. Damian rutschte noch näher heran und legte seine auf Igors Lippen. Es war nur der Hauch eines Kusses, eine zarte Berührung, die ein leichtes Kribbeln hinterließ. Dann rückte er wieder ab. Zögernd schlang Igor seine Finger um Damians und streichelte ihn mit dem Daumen.

„Willst du mir erzählen, was passiert ist?", fragte Damian.

Igor schwieg so lange, dass Damian es bereits als ein Nein interpretierte. Doch schließlich sagte er: „Am 16. April 1993 sind die Männer über uns hergefallen. Es waren nicht nur Fremde, sondern auch Bekannte, Menschen, die wie wir schon immer in Ahmići gelebt haben. Meinen Vater und meinen großen Bruder haben sie mitgenommen – ich habe nie wieder etwas von ihnen gehört. Hana und ich waren dabei, als sie meiner Mutter schreckliche Dinge angetan haben. Ich war acht und Hana war siebzehn. Sie hat mich an sich gedrückt und mir die Augen zugehalten. Aber die Schreie und die brechenden Knochen meiner Mutter höre ich heute noch."

Igor schloss kurz die Augen. Sein Brustkorb hob und senkte sich in schnellem Rhythmus.

„Hana haben sie nur deshalb in Ruhe gelassen, weil einer der Männer, der meine Mutter gequält hat, sagte, dass Hana sich im Krankenhaus gut um seine Mutter gekümmert habe. Es hat ihn aber nicht davon abgehalten, meine Mutter zu foltern und unser Haus in Brand zu stecken. Meine Mutter hat noch gelebt, als die Flammen sich im Raum ausbreiteten. Irgendwie hat Hana es geschafft, uns aus dem Haus zu bringen. Sie macht sich heute noch Vorwürfe, dass wir Mutter nicht retten konnten."

„Sie hat dir das Leben gerettet."

„Das hat sie und wenn wir versucht hätten, meine Mutter aus dem Haus zu schleifen, wären wir verbrannt."

Damian berührte die Brandwunde auf Igors Brustkorb.

Igor wischte sich über die Augen. „Wir haben uns hinter dem Schuppen im Gestrüpp versteckt. Hana hat mir stundenlang den Mund zugehalten, um meine Schreie zu unterdrücken. Es hat furchtbar weh getan. Am nächsten

Morgen kamen Streitkräfte der Vereinten Nationen in unser Dorf. Sie haben uns mitgenommen. Überall lagen verkohlte Leichen von Frauen und Kindern. Dieser Anblick verfolgt mich bis heute in meinen Alpträumen."

„Wie seid ihr nach Deutschland gekommen?", fragte Damian tonlos. Was Igor erlebt hatte, war unerträglich. Von den Massakern im Bosnienkrieg hatte er gehört, doch die Nachrichten waren so unpersönlich gewesen, er hatte sich die Grausamkeiten, mit denen Menschen gegen ihre Nachbarn vorgegangen waren, nur weil sie Moslems waren, gar nicht vorstellen können.

„Ich kann es dir gar nicht genau sagen. Man hat uns aus Bosnien ausgeflogen, ich habe Schmerz- und Beruhigungsmittel bekommen. Meine Erinnerung setzt erst wieder ein, als ich im Zentrum für Schwerbrandverletzte in Hamburg aufgewacht bin."

„War Hana auch da?"

„Hana hat es viel schlimmer erwischt als mich. Sie lag lange in der Klinik, weil immer wieder Transplantationen durchgeführt werden mussten."

„Es muss eine schreckliche Zeit gewesen sein." Damian dachte an die wenigen Wochen, die er in der Klinik verbracht hatte und wie furchtbar er diese kurze Zeit schon gefunden hatte.

„Hana hat mich in den Flammen mit ihrem eigenen Körper geschützt."

Sie schwiegen eine Weile. Damian dachte an Hana, die beinahe ihr Leben gelassen hatte, um ihren Bruder zu schützen. Sie hatte sich um Igor gekümmert und gekämpft, um ihm das selbstbestimmte Leben zu ermöglichen, das er heute führte. Man merkte ihr diese Stärke nicht an, wenn Damian auch ein paarmal in ihren Augen etwas hatte aufflackern sehen, dass ihm eine Ahnung von ihrem früheren Kampfgeist vermittelt hatte.

War das noch in ihr oder war sie selbst, durch die Anstrengung, ihrem Bruder Freiheit zu verschaffen, auf der Strecke geblieben? Und Igor? Wie hatte er die schrecklichen Ereignisse verarbeitet? Ob er sich an den Männern gerächt hatte, die seine Mutter gefoltert und getötet hatten? Damian würde Igor nicht danach fragen. Er glaubte, die Antwort zu kennen, und wollte keine Details erfahren.

Igor streichelte Damians Handrücken mit dem Daumen. „Was hast du erlebt?"

Es fiel Damian nicht schwer, Igor von seiner Kindheit, dem Tod des Vaters und seiner Mutter zu berichten.

„Mit unseren Geschwistern haben wir ziemliches Glück gehabt", sagte Igor, nachdem Damian ihm erzählt hatte, wie sehr Jerko sich um ihn gekümmert hatte.

„Ich wünschte nur, ich würde Jerko nicht immer enttäuschen."

„Und ich wünsche mir, Hana glücklich zu sehen."

Am nächsten Morgen spazierten sie einen steilen Hügel hinauf zu der Kirche *Notre-Dame-du-Chateau*, die seit dem 13. Jahrhundert über Sainte-Menehould thronte. Damian keuchte und klammerte sich an Igors Arm. Seine Kondition war trotz der Reha eine Katastrophe, dabei war er vor dem Unfall gut trainiert gewesen.

„Ist es zu steil?", fragte Igor besorgt.

„Es geht schon." Er musste das schaffen. Sein Bein schmerzte bei jedem Schritt. Hoffentlich hatte er den Liner faltenfrei über den Stumpf gerollt, damit er keine Druckstellen bekam. Am Gipfel des Hügels setzten sie sich auf eine Bank, von der aus man über die Stadt blicken konnte. Wie bereits am Vortag strahlte die Sonne von einem wolkenlosen Himmel auf das malerische Städtchen.

„Ich bin ziemlich stolz, dass ich es hier heraufgeschafft habe."

Igor lächelte ihn an. „Das kannst du auch sein."

Das Gebälk der Kirche wies zahlreiche Risse auf, weil sich wohl der Hügel, auf dem sie stand, im Laufe der Jahrhunderte verändert hatte.

Damian legte den Finger in einen breiten Riss, der den steinernen Rundbogen über einem Durchgang unterbrach. „Das das Gemäuer überhaupt noch steht, ist kaum zu glauben."

„Manche sind zäher als sie aussehen." Igor blickte durch eine Glasscheibe, hinter der menschliche Schädel und Knochen auf einem Haufen lagen.

Nachdem sie noch über den verwilderten Friedhof spaziert waren, machten sie sich auf den Rückweg. Bergab fühlte Damian sich sehr unsicher. Igor schien das zu spüren, denn er legte den Arm um ihn und stützte ihn rechts und links am Ellbogen ab.

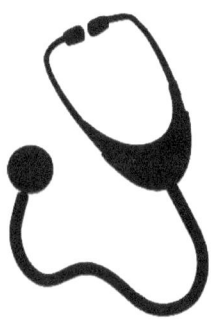

CHÂTEAU BONCHÊNE

Die imposante Festung Mont-Saint-Michel türmte sich pyramidenförmig vor ihnen auf. Wolkenbänder, die ständig neue Formationen einnahmen, umschleierten die Türme der Kathedrale, die fast zweihundert Meter in die Höhe ragten. Um den Klosterberg breitete sich eine von endlosen Prielen durchzogene Schlick- und Meerlandschaft bis zum Horizont aus. Damian rutschte auf dem Beifahrersitz hin und her. So hatte Igor ihn noch nie erlebt. Mit dem ersten Blick auf den Atlantik hatte sich seine Miene verändert. Aufgeregte Erwartung lag in seinem Gesichtsausdruck und er schien die Augen nicht von der Küstenlinie abwenden können.

„Ist das nicht wunderschön?", fragte er bestimmt schon zum zehnten Mal.

Igor lächelte in sich hinein. Nie hätte er erwartet, Damian mit der Fahrt an den Atlantik eine solche Freude machen zu können. Samuel hatte ihm zwar erzählt, dass Damian von einer Reise in die Bretagne träumte, doch wie groß seine Sehnsucht danach gewesen war, erahnte Igor erst jetzt. Damians Freude war so ansteckend, dass auch er merkte, wie der Druck, der seit dem Vortag auf seiner Brust lag, sich langsam löste und sich auch in seinem Herzen freudige Erwartung ausbreitete. Als Igor den

Vorschlag gemacht hatte, Verdun zu besuchen, hatte er nicht damit gerechnet, mit welcher Wucht die Erinnerungen an diesen einen Tag in seiner Kindheit zurückkehren würden. Er hatte das alles so lange verdrängt und niemals jemandem davon erzählten wollen. Überraschenderweise war er erleichtert gewesen, nachdem er Damian alles geschildert hatte. Es auszusprechen, hatte zwar die Ereignisse nochmals greifbar gemacht, doch seither fühlte er sich nicht mehr so allein. Und dann war da noch dieser Kuss gewesen. Davon hatte er schon oft geträumt. Doch es war ganz anders gewesen, als er es sich vorgestellt hatte. Er hatte weder Hitze noch Erregung gespürt, sondern tröstende Wärme, die sein Herz geöffnet und ihn dazu gebracht hatte, sich Damian anzuvertrauen.

Kurz löste er seinen Blick von der Fahrbahn und betrachtete Damian, der aus dem Fenster starrte. Er war so froh, dass er wieder bei ihm war. Er biss sich auf die Lippen, als er daran dachte, dass er ihn in Frankfurt so sehr erschreckt hatte, dass ihr erster gemeinsamer Urlaubstag beinahe der letzte gewesen wäre. Auch wenn er der Überzeugung war, dass alles, was er getan hatte, wichtig und richtig war, hätte er sich bittere Vorwürfe gemacht, wenn er Damian wieder verloren hätte.

Die Wochen, in denen Damian bei seinem Bruder und dann in der Reha gewesen war, hatte er kaum ausgehalten. Heimlich hoffte er, dass Damian nach dem Klinikaufenthalt wieder zu Hana und ihm ziehen würde, doch natürlich zog er zu Jerko, wo er ja zu Hause war. Und dann versuchte er, sich das Leben zu nehmen. Igors Schock hätte nicht gewaltiger sein können. Hana merkte natürlich, wie groß seine Angst um Damian war. „Du musst es ihm sagen", ermahnte sie ihn.

„Was soll ich ihm sagen?"

„Dass du ihn liebst."

Igor ließ sich auf einen Stuhl fallen. „Ist das so offensichtlich?"

Hana zog nur die Augenbrauen hoch.

„Macht es dir nichts aus?", fragte Igor.

Hana setzte sich neben ihn und legte die Hand auf seinen Arm. „Nein, ich wünsche dir, dass du mit ihm glücklich wirst. Aber dazu musst du es ihm erst einmal sagen."

„Ich denke nicht, dass jetzt der richtige Zeitpunkt dafür ist. Er liegt in der Psychiatrie, weil er sich das Leben nehmen wollte."

„Dann mache ihm zumindest klar, dass du für ihn da bist und dass du dir wünschst, dass er wieder zu uns zieht."

„Das hier ist auch dein Zuhause. Wäre es denn in Ordnung für dich, wenn Damian dauerhaft hier wohnt?"

Hana knetete ihre Hände und sagte kaum hörbar: „Ich würde mich freuen."

Igor wusste nicht, wie er das interpretieren sollte. Freute Hana sich nur für ihn oder auch für sich selbst? Sie klang so seltsam, doch er hatte nicht weiter nachgebohrt. Vielleicht wollte er in diesem Fall gar nicht so genau wissen, was Hana empfand.

Nachdem Igor den Wagen abgestellt hatte, gingen sie über den siebenhundert Meter langen Steg auf das Tor des mächtigen Vorwerks zu. „Schaffst du es auf den Berg, damit wir die Burg besichtigen können?"

Zweifelnd blickte Damian an den Mauern hoch. „Das wird ganz schön viel Lauferei."

„Wir müssen nicht hoch."

„Ich will es unbedingt sehen."

„Dann versuchen wir es und machen zwischendurch Pausen."

Gemächlich erklommen sie den Granitfelsen, auf dem die Baumeister im 13. Jahrhundert mit dem gotischen Klosterkomplex ein architektonisches Meisterwerk geschaffen hatten. Das unregelmäßige Kopfsteinpflaster der *Grand Rue* war eine Herausforderung für Damian. So gut er konnte, versuchte Igor, ihn zu stützen. Menschenmassen drängten sich an ihnen vorbei in die Souvenirläden in den Fachwerkhäusern aus dem 15. und 16. Jahrhundert, die dicht an dicht den Weg säumten. Igor dirigierte Damian zu einer Crêperie, die sich unmittelbar vor den steilen Treppen befand, dem letzten Anstieg vor dem Eingang in die Burg.

Vorsichtig setzte Damian sich auf einen Stuhl. Es war ihm anzusehen, dass er starke Schmerzen hatte.

„Ich denke, wir sollten auf das Kloster verzichten", sagte Igor, nachdem er die Crêpes bestellt hatte.

Damian nickte.

„Vielleicht schaffst du es, wenn wir das nächste Mal in die Bretagne fahren."

Damian schnaubte. „Das nächste Mal! Wovon träumst du noch?"

Igor suchte seinen Blick. „Ich habe eine Menge Träume."

Rasch sah Damian weg und massierte seinen Oberschenkel. Nachdenklich beobachtete Igor ihn. Er hatte mehrfach Andeutungen fallen lassen, doch Damian wich ihm aus. Er musste doch wissen oder zumindest ahnen, dass Igor mehr für ihn empfand als Freundschaft. Damians Ausweichen bedeutete wohl, dass er seine Gefühle nicht erwiderte, was Igor auch nicht erwartet hatte. Das war in Ordnung. Er würde ihn nicht weiter bedrängen. Seine Schwester hatte von ihm verlangt,

Damian über seine Gefühle in Kenntnis zu setzen, was er somit getan hatte. Nun konnte er es gut sein lassen und einfach nur die Reise mit Damian genießen. Was danach kam, darüber konnte er sich anschließend immer noch den Kopf zerbrechen.

„Gehen wir zurück?"

Damian nickte und kaute auf seiner Unterlippe. Sicher war er enttäuscht darüber, dass er die Gemäuer auf der Spitze des Granitkegels nicht besichtigen konnte. Igor bot ihm den Arm an und Damian hängte sich bei ihm ein. Langsam spazierten sie wieder zurück, durch das Tor und über den langen Steg. Damian warf keinen Blick mehr zurück.

„Für die nächsten vier Nächte habe ich ein Zimmer in der Bucht von Saint-Brieuc in der Nähe von Hillion gebucht, allerdings müssen wir noch eine ganze Strecke fahren. Ist das in Ordnung?", fragte Igor, als sie wieder im Wagen saßen.

„Für mich ist das in Ordnung, du musst ja fahren. Allerdings würde ich gerne die Prothese abnehmen. Irgendwas drückt."

„Klar. Soll ich irgendwo hinfahren, wo du sie ungestört ausziehen kannst?"

„Wir können das hier machen, aber ich brauche deine Hilfe."

„Natürlich." Igor stieg aus, ging um den Wagen herum und öffnete die Beifahrertür.

Damian schob die Jeans nach unten. Igor zog ihm den Schuh aus, streifte das Hosenbein ab und zog die Prothese vom Stumpf. Damian krallte sich am Sitz fest und verzog das Gesicht.

„Willst du den Liner auch abmachen und nachsehen, ob du wunde Stellen hast?"

Damian schüttelte den Kopf. „Das mache ich heute Abend."

Ein Grüppchen Touristen flanierte an ihrem Auto vorbei und alle reckten neugierig die Hälse, um zu sehen, was da vor sich ging.

„Die glauben bestimmt, du bläst mir gerade einen."

„Leider nicht", rutschte es Igor heraus. Er biss sich auf die Zunge. Es war gerade mal eine Stunde her, dass er sich vorgenommen hatte, Damian nicht weiter zu bedrängen.

Damian lachte. „Das würde mir auch mehr Spaß machen, als das Gefummel an der Prothese."

Igor schluckte. Auf der einen Seite wich Damian ihm aus und dann so ein Kommentar! Aber für Damian hatte Sex keine Verbindlichkeit. Das hatte Igor oft genug im *Dusters* beobachtet. Obwohl Igor dieses Etablissement besaß, dessen Geschäftsgrundlage unverbindlicher Sex war, hatte er persönlich Schwierigkeiten damit. Feste Beziehungen mit Zukunftsaussichten waren zwar bislang auch nicht sein Ding gewesen, doch er pflegte lockere Freundschaften mit zwei Männern, mit denen er gelegentlich verkehrte. Etwas Langfristiges konnte er sich schon lange nicht mehr vorstellen. Seit dem Tag vor vielen Jahren, an dem er sein Herz an einen jungen Mann verloren hatte, der ihm so unerreichbar erschienen war und vor dem er jetzt kniete, hatte es keinen mehr gegeben, mit dem er sich ein Leben vorstellen wollte.

Am frühen Abend bogen sie in eine kleine Stichstraße ab, die sie durch ein Wäldchen und über einen Wasserlauf führte. Vor einem Schloss aus hellem Sandstein, an dem der Zahn der Zeit deutliche Spuren hinterlassen hatte, hielt Igor an.

Mit großen Augen betrachtete Damian die Fassade des alten Gemäuers. „Übernachten wir etwa hier?"

„Ja, ich dachte, es gefällt dir."

„Es ist der helle Wahnsinn! Davon, einmal in einem maroden französischen Château zu übernachten, träume ich schon seit meiner Kindheit." Er beugte sich zu Igor und küsste ihn auf die Wange. „Danke, du bist unglaublich."

Igor stieg aus und holte die Unterarmstützen aus dem Kofferraum. Aus einem runden Holztor in einem Seitenflügel des Schlosses trat eine ältere Dame und kam auf sie zu. Sie reichte Igor die Hand und blickte dann stirnrunzelnd zu Damian, der noch im Wagen saß und wieder zurück zu Igor. Ob sie wohl ein Problem damit hatte, dass sie beide Männer waren? Er hatte über ein Internetportal gebucht und nur seinen Namen angegeben. Igor öffnete die Beifahrertür und half Damian, der das leere Hosenbein oben in den Bund gestopft hatte, aus dem Wagen. Der Blick der Dame wurde deutlich milder, als sie sah, dass Damian ein Bein fehlte. Damian gab Igor eine der Krücken, reichte ihr die Hand und begrüßte die Dame mit einem Schwall französischer Worte, aus dem Igor nur ein paar Fetzen heraushörte: Madame, Château, Formidable. Nach und nach hellte sich das Gesicht der Frau auf, die ein einfaches Hauskleid trug, das im Kontrast zu der gepflegten Frisur und dem sorgfältig zurechtgemachten Gesicht stand.

Nach einer Weile führte Madame Farfelu de Peretienne – so stellte sie sich vor - sie zu einer zweiflügligen Tür, von der aus eine ausgetretene Steintreppe nach oben führte. Zweifelnd blickte Damian auf die unebene Oberfläche der Stufen.

„Soll ich dich hochtragen?", fragte Igor.

Damian nickte und erklärte Madame Farfelu de Peretienne wortreich die Situation. Sie lächelte und nahm die Krücken. Damian legte den Arm um Igors Hals und ließ sich von ihm die zwei Treppenabsätze nach oben tragen. Die Tür zu ihrem Zimmer stand offen, wobei Zimmer eine grobe Untertreibung war. Sie betraten den riesigen Salon, mit hohen Decken, einem großen mit Intarsien verzierten Eichentisch, großen Schränken und einem Kamin. Der knarzende Dielenboden war mit mehreren abgetretenen Perserteppichen ausgelegt. Damian stieß einen spitzen Schrei aus und seine Augen leuchteten. Er ließ sich die Krücken zurückgeben und humpelte zum Kaminsims, wo alte gerahmte Fotografien standen. Die meisten Fotografien zeigten Madame Farfelu de Peretienne, eine Vicomtesse, in jungen Jahren, zu Pferde, auf der Jagd oder in Ballsälen. Damian fragte der Hausherrin Löcher in den Bauch, während Igor die Taschen nach oben trug.

Als sie endlich allein waren, setzte Igor sich auf den mit Stickereien verzierten Überwurf auf dem Himmelbett. „Ich wusste gar nicht, dass du so gut französisch sprichst."

Damian setzte sich neben ihn. „In der Schule war Französisch mein Lieblingsfach. Es ist die Sprache der Gastronomie. Ich habe immer davon geträumt, eine Lehre in einem Restaurant in Paris zu machen." Er ließ sich nach hinten sinken. „Schau dir das an! Ein Betthimmel aus rotem Brokat. Ich glaube, wir sind in einem Märchen gelandet." Er suchte Igors Blick. „Und du bist mein Märchenprinz."

Igor hätte sich gerne über ihn gebeugt, ihn geküsst und in diesem romantischen Himmelbett jede Menge unanständiger Dinge mit ihm gemacht. Doch er legte ihm nur die Hand aufs Knie.

Am nächsten Morgen spazierten sie über den gekiesten Hof zu den Gemächern des Vicomtes und der Vicomtesse, wo das Frühstück serviert wurde. An einem großen Tisch saß bereits ein Paar in Wanderkleidung sowie eine Mutter mit ihrer Tochter im Teenageralter, die ihr wie aus dem Gesicht geschnitten war. Im Nachbarraum befand sich noch ein runder Tisch, an dem eine Familie mit drei kleinen Kindern saß, die einen ziemlichen Lärm machten. Die Vicomtesse und ihr Ehemann kümmerten sich persönlich um das Frühstück. Beide waren freundlich, doch vor allem dem Hausherrn war anzumerken, dass er sich die guten alten Zeiten zurückwünschte, wo das Schloss noch ausschließlich ihnen zur Verfügung gestanden hatte und sie nicht dazu gezwungen gewesen waren, Touristen Frühstück zu servieren. Damian und ihn bedachte er mit einem dezenten Stirnrunzeln, das sich allerdings - genau wie bei seiner Frau - sofort in Wohlgefallen auflöste, als Damian ihn in fließendem Französisch über die Geschichte des Schlosses ausfragte. Igor verstand nur wenig von dem, was Monsieur Farfelu de Peretienne erzählte, doch nachdem das Paar in Wanderstiefeln, das ebenfalls aus Deutschland kam, Damian bat, zu übersetzen, erfuhr auch er etwas über das Gemäuer, in dem sie sich befanden. Igor beobachtete Damian, der mit einem Augenzwinkern von Aufstieg und Fall des Château Bonchêne berichtete. Lachfältchen bildeten sich um sein Auge, das andere hatte er wie immer hinter der Augenklappe versteckt. Er konnte sich nicht an das tote Auge gewöhnen, sagte er. Igor fand, dass es kaum auffiel, dass er ein Augenimplantat trug. Natürlich waren da noch die Narben in seinem Gesicht, doch auch die störten Igor nicht. Im Gegenteil. Damian war vom Jungen zum Mann geworden, was ihn für Igor noch viel anziehender machte. Die Mutter der halbwüchsigen Tochter lachte und fragte Damian, ob die Pferde, die gegenüber dem Anwesen auf einer Koppel standen, auch zum Schloss gehörten. Damian fragte den

Hausherrn, der lange und breit die Historie der Pferdezucht im Hause Bonchêne vor ihnen ausbreitete. Zum ersten Mal seit dem Unfall wirkte Damian in Gesellschaft Fremder unbeschwert. Igor freute sich, dass die Reise Damian so guttat.

Damian zwinkerte dem jungen Mädchen zu, die ihn anstarrte, während er in blumigen Worten die Geschichte des Schlosses nacherzählte. Sie blickte zu Boden und lief rot an. Damian hatte nicht den Eindruck, dass sie ihn wegen der Augenklappe oder der Prothese so ansah. Sie tat es, weil er ihr gefiel. Er kannte diese Blicke. Zumindest konnte er sich daran erinnern, wie die bewundernden Blicke sich angefühlt hatten. In jedem Fall war es ein anderes Gefühl, als die mitleidigen Blicke, die ihn nach dem Unfall so oft getroffen hatten. Konnte das sein? Der Gedanke erschien Damian absurd.

Die junge Dame, die der Vicomtesse und dem Vicomte mit der Zubereitung des Frühstücks half, brachte Damian Spiegeleier. Er bedankte sich auf Französisch und auch im Lächeln der jungen Frau lag kein Mitleid. Damian fühlte sich gut. Sehr gut sogar. Am Vortag hatte er sich kurz darüber geärgert, dass er es nicht geschafft hatte, Mont-Saint-Michel anzusehen. Doch relativ schnell hatte die Freude darüber, dass er in der Bretagne war und über den Atlantik blicken konnte, überwogen. Zum ersten Mal seit dem Unfall erdrückte ihn der Gedanke an seine körperliche Versehrtheit nicht ständig und dass, obwohl er Schmerzen bei jedem Schritt verspürte.

„Möchtest du auch noch Kaffee?", fragte Igor und griff nach der Kanne.

„Gerne." Damian hielt ihm die Tasse hin und betrachtete Igor, während er den Deckel, der mit einem rosa Blumenmuster verzierten Porzellankanne festhielt und ihm einschenkte. Er hatte sich so sehr an Igors Anwesenheit gewöhnt, an die Ruhe, die er ausstrahlte, und die Selbstverständlichkeit, mit der er ihm half. Igors kantiges Gesicht war ihm so vertraut geworden. Warum hatte er früher, als er im *Dusters* gewesen war, nie bemerkt, wie ausdrucksvoll seine Augen waren? Sie waren den Augen seiner Schwester sehr ähnlich, dieselbe grün-braune Iris. Ein dichter Kranz langer, dunkler Wimpern umrahmte die Augen und verlieh dem Gesicht mit den harten Zügen um den Mund ein klein wenig Weichheit. Damian war sich mittlerweile sicher, dass Igor mehr für ihn empfand, als Freundschaft. Sonst würde er all das nicht für ihn tun. Doch Damian fühlte sich von Igor nicht unter Druck gesetzt. Er spürte, dass Igor nichts von ihm erwartete, wenn er auch manchmal ein schlechtes Gewissen hatte, dass er so viel von Igor annahm, ohne ihm etwas zurückzugeben. Er konnte auch nicht verstehen, warum Igor etwas für ihn empfand. Igor war ein erfolgreicher Geschäftsmann, ein starker, unabhängiger Einzelgänger, dem Damian nichts zu bieten hatte. Früher wäre es vielleicht sein Körper gewesen, der begehrenswert war. Doch jetzt? Was sollte man an ihm noch anziehend finden? Damians Blick fiel auf das junge Mädchen, das ihn unter gesenkten Wimpern beobachtete. Anscheinend fand sie ihn attraktiv. Wie konnte das nur sein?

Sie fuhren an der Küste entlang in Richtung Norden. Die Sonne strahlte von einem wolkenlosen blauen

Himmel und die salzige Luft des Ozeans wehte durch das geöffnete Wagenfenster.

„Du möchtest sicher gerne ans Meer", sagte Igor.

„Das wäre schön."

„Gestern Abend, als du schon geschlafen hast, habe ich im Reiseführer gelesen, dass am Cap d'Erquy mehrere schöne Strände sein sollen. Allerdings müssen wir ein Stück laufen."

„Das wird schon gehen."

„Ich habe extra ein paar Handtücher mitgenommen, falls du baden willst."

„Mal schauen", antwortete Damian ausweichend. Während der Reha hatte er auch Therapien im Schwimmbad des Klinikums gehabt, doch besonders sicher hatte er sich im Wasser nicht gefühlt. Ein großer Schwimmer war er auch vor dem Unfall nicht gewesen und ohne das rechte Bein fand er sein Gleichgewicht nicht.

Sie passierten Campingplätze und Ferienhaussiedlungen, die sich locker in lichten Wäldern, zwischen Heidekrautwiesen und Stechginster verteilten. Auf einem staubigen Parkplatz, wo bereits einige Autos standen, parkten sie den Wagen.

„Keine Deutschen oder Holländer", stellte Damian mit einem Blick auf die Kennzeichen fest. „Ein besonderes touristisches Highlight scheint der Strand nicht zu sein."

„Man muss ein Stück hinlaufen. Das schreckt die meisten ab." Igor stopfte Handtücher, eine Wasserflasche und eine Tüte mit Lebensmitteln, die er unterwegs gekauft hatte, in eine Tasche und schwang sie über die Schultern. „Was machen wir mit den Krücken?"

„Lass sie im Auto. Im Sand sind sie wahrscheinlich nicht besonders hilfreich."

Ein schmaler Pfad führte sie auf die Küste zu. Damian hängte sich bei Igor ein und ging vorsichtig über den weichen Boden. Er musste sich erst an das Gefühl oder besser gesagt an das nicht vorhandene Gefühl gewöhnen, wenn der Boden unter seinem Turnschuh nachgab. Nach einer Weile ging es besser und er hatte nicht mehr das Empfinden hin und her zu schwanken wie ein Schiff auf hoher See. Rosa, lila und gelb überzog das Heidekraut die Felsen, in die das Meer kleine Buchten genagt hatte. Der Weg wand sich eine Anhöhe hinauf und führte dann entlang einer steilen Klippe nach Osten.

„Wie kommen wir da runter?", fragte Damian zweifelnd und blickte auf den weiß leuchtenden Muschelsand am Fuß der Klippe.

Igor zuckte mit den Schultern. „Es tut mir leid. In der Beschreibung stand, dass man den Strand nach dreißig Minuten auf einem leicht zu begehenden Pfad erreichen kann."

„Das war keine Beschreibung für Beinamputierte."

Igor blickte ihn besorgt an. „Sollen wir umkehren?"

„Noch geht es ja. Und der Strand sieht auch wunderschön aus. Ich weiß nur nicht, wie wir nach unten kommen sollen." Jeder Schritt tat Damian weh, doch der Anblick des breiten, hellen Streifens Sandes, der sich unter ihnen ausbreitete, war verlockend. Größere und kleiner Felsbrocken aus grau-rosa Sandstein teilten den Strand in mehrere Abschnitte auf und die Brandung des Atlantiks rollte in schäumenden Wellen auf die Steilküste zu, die sich im Hintergrund des goldenen Sandes erhob. Die Küstenlinie verlief in einem sanften Bogen, sodass Damian die zerklüftete, rosa schimmernde Felswand auf der anderen Seite des Strandes und einen Wanderweg, der entlang der Abbruchkante verlief, erkennen konnte. Nach einer Weile führte der Pfad, dem sie folgten, bergab und folgte einer Einkerbung, die ein Bachlauf in die Steilküste gewaschen hatte. Einen Teil des Höhenunterschiedes überbrückten hölzerne Treppen, doch dazwischen machten steinige und unebene Stellen Damian den Abstieg schwer. Er klammerte sich an Igors Arm und tastete sich vorwärts.

„Scheiße", murmelte Igor. „So habe ich mir das nicht vorgestellt."

Damian biss die Zähne zusammen und antwortete nicht. Er wollte unbedingt zu diesem Strand. Einen so malerischen Strand hatte er bislang nur auf Fotos und in seinen Träumen gesehen. Erleichtert atmete er aus, als sie endlich unten waren. Allerdings war es auch nicht leicht, sich auf dem feinkörnigen goldenen Sand fortzubewegen.

„Wollen wir gleich hierbleiben?" Igor zeigte auf den vor ihnen liegenden Strandabschnitt, wo sich ein paar Familien mit Kindern auf Strandmatten niedergelassen hatten.

Damian schüttelte den Kopf. Bereits von oben hatte er sich ein Plätzchen ausgesucht, wo er Rast machen wollte. Es lag ein ganzes Stück weiter im Westen, am Fuß der Felswand, wo Felsbrocken im Sand lagen wie Murmeln, die Kinder beim Spielen vergessen hatten. Dieser Strandabschnitt war fast leer. Von oben hatte Damian nur wenige Körper in windgeschützten Nischen zwischen den Felsen ausmachen können. Nach weiteren, mühsamen zehn Minuten hatten sie diesen Abschnitt erreicht und Damian ließ sich erschöpft auf einem Felsen nieder.

Igor holte zwei große Laken aus der Tasche, breitete sie auf dem Sand aus und beschwerte sie mit Steinen. Felsbrocken schützte sie vor Wind und Blicken, doch die Aussicht auf den Ozean war ungetrübt. Damian ließ sich auf einem der Laken nieder und zog die Hose aus, bevor er den Stumpf aus der Prothese zog. Er rollte den Liner vom Bein und massierte die geröteten Stellen.

Igor beobachtete ihn. „Geht es?"

„Ja, komm setzt dich zu mir. Du versperrst mir den Blick aufs Meer."

Igor ließ sich neben ihm nieder und kramte in der Tasche. „Möchtest du etwas essen oder trinken?"

„Nur einen Schluck Wasser."

Igor reichte ihm die Flasche und trank anschließend selbst einen großen Schluck. „Es ist wirklich schön hier."

„Ja, die Plackerei hat sich gelohnt." Damian vergrub seine Hand in dem feinen, weichen Sand. Das hier war sein neuer Lieblingsort, beschloss er. Auch wenn er vermutlich nie wieder hierherkommen würde, den Anblick des leuchtenden Strandes, der rollenden Wellen und der Muscheln, die auf den Felsen klebten, würde er nicht mehr vergessen. Igor steckte die Wasserflasche in den Sand und zog sich den Pullover über den Kopf. Dabei streifte er ihn mit dem Ellbogen. Damian spürte die kurze Berührung überdeutlich. So wie es aussah, war er auch mit seinem Lieblingsmenschen an diesem Ort.

Ein Pärchen flanierte händchenhaltend an der Wasserlinie entlang. „Die sind ja nackt", sagte Damian.

„Und es sind zwei Männer."

Igor reckte den Hals. „Die zwei dahinten sind auch nackt. Das scheint ein Nudistenstrand zu sein."

„Dann ziehe ich auch mal was aus." Damian zog sich Pullover und T-Shirt aus, legte sich auf die Seite und genoss die Wärme der Sonnenstrahlen auf seiner Haut. Die Luft war kühl, aber an dem windgeschützten Plätzchen in der Sonne konnte man es aushalten.

Igor streifte die die Schuhe ab. „Ich gehe ein Stück spazieren."

„Viel Spaß", murmelte Damian und schloss die Augen.

Nach etwa zehn Minuten kam Igor zurück und kniete sich in den Sand. „Hier liegen nur nackte Männer rum."

Damian richtete sich auf und lachte. „Dann hast du mich also zielsicher an einen schwulen FKK-Strand geschleppt – wahrscheinlich den einzigen, den es in der ganzen Bretagne gibt."

„Davon stand nichts im Reiseführer."

„Vermutlich hast du einen Riecher für solche Orte. Du musst dich ja wie zu Hause fühlen."

Igor wirkte etwas verlegen, was Damian zum Lachen brachte. Peinlich berührt hatte er Igor noch nie erlebt.

„Das war keine Absicht", sagte Igor. „Ich wollte dich nicht an einen Strand bringen, wo lauter schwule Pärchen rumknutschen."

„Ist schon in Ordnung. Ich ziehe meine Shorts aus, dann fallen wir nicht mehr unangenehm auf." Er streifte die Boxershorts ab. „So, du auch. Mach dich nackig."

Igor runzelte die Stirn. „Wir müssen das nicht machen."

„Komm, zieh dich für mich aus." Damian grinste von einem Ohr zum andern. „Du hast mich schon in den peinlichsten Situationen beobachtet und ich habe dich noch nicht einmal nackt gesehen."

„Na gut." Igor zog sein T-Shirt aus, öffnete den Gürtel und schob die Hose samt Boxershorts nach unten.

Ungeniert betrachtete Damian ihn von oben bis unten. „Hübsch." Igor gefiel ihm sogar sehr. Er hatte einen kräftigen, durchtrainierten Körper mit leicht behaarten, muskulösen Oberschenkeln. Auch auf einer Hüfte und einem Oberschenkel waren Verbrennungsnarben.

Igor schnaubte. „Hübsch? Ich werfe dich gleich ins kalte Wasser."

„Warum nicht? Mir ist gerade ziemlich heiß geworden."

„Du spielst mit dem Feuer, Damian."

„Mich armen Krüppel über den Sand zu schleifen und ins Wasser zu schmeißen, traust du dich sowieso nicht."

„Du hast es nicht anders gewollt." Igor griff unter Damians Arme, wuchtete ihn hoch und warf ihn über die Schulter.

„Hey", beschwerte sich Damian und trommelte ihm mit der Faust gegen den Rücken. „Es ist entwürdigend, auf dir zu hängen wie ein Sack Mehl."

„Dann überlege dir nächstes Mal, mit wem du dich anlegst." Rasch schritt Igor über den Sand.

„Das Wasser ist bestimmt eiskalt."

„Hoffentlich."

Damian hörte es platschen, als Igor durch die Wellen watete.

„Scheiße", rief Igor. „Es ist arschkalt."

„Dann dreh wieder um. Bitte!"

„Nein, Strafe muss sein."

Damian musste kurz schlucken, als er an die Strafe dachte, die Igor für seine beiden Peiniger vorgesehen hatte. Igor wagte sich weiter vor und die ersten Wellen erreichten Damians Fuß. Er schrie auf. „Ich kriege einen Herzinfarkt!"

„Du überlebst das schon", sagte Igor ungerührt. Doch er schien ein Einsehen zu haben, denn zumindest warf er Damian nicht ins Wasser, sondern nahm ihn von seiner Schulter und ließ ihn langsam ins Wasser gleiten. Damian fluchte und schlang die Arme um Igors Hals. Plötzlich bekam er Panik. „Lass mich bloß nicht los!"

Igor ließ ihn noch ein Stück tiefer ins eisige Wasser sinken. „Ich lasse dich nicht fallen", flüsterte er ihm ins Ohr und drückte ihn an sich.

Damian drehte den Kopf und sah Igor an. Ihre Lippen waren nur wenige Zentimeter voneinander entfernt. Er spürte Igors warmen Körper, der sich im Rhythmus der Atmung gegen seinen kalten Brustkorb presste. Einen Moment lang, der Damian wie eine Ewigkeit vorkam, blickten sie sich nur in die Augen.

Igor räusperte sich. „Wenn man sich daran gewöhnt hat, fühlt es sich gar nicht mehr so kalt an."

„Eigentlich wollte ich immer schon mal im Atlantik schwimmen."

„Dann ist jetzt der richtige Zeitpunkt."

Vorsichtig löste Damian sich von Igor. „Rettest du mich, wenn ich absaufe?"

„Ich passe auf dich auf."

Damian ließ los und machte ein paar hektische Schwimmstöße, bis er feststellte, dass das salzige Wasser ihn problemlos trug. Er verlangsamte seine Bewegungen und ließ sich von den Wellen auf und ab schaukeln. „Wow, ich bin so leicht."

Igor befand sich dicht neben ihm. Parallel zum Ufer schwammen sie am Strand entlang, wobei die Strömung sie zurücktrieb, sodass sie sich trotz ihrer Schwimmstöße nicht vorwärtsbewegten. Damian schmeckte Salz, Algen und genoss es, das Wasser mit den Armen zu teilen. Nach einer Weile fing Damian an zu zittern. „Ich glaube, ich muss raus, bevor ich erfriere."

Sie schwammen zum Ufer, bis sie wieder Sand unter den Füßen hatten. Dort hob Igor ihn aus dem Wasser und trug ihn an Land, wo sich zwei Männer gerade vorsichtig ins kühle Nass vorwagten. Einer der beiden sprach sie auf Französisch an. „War das Bad erfrischend?", fragte er. Damian antwortete, dass er zwar fast erfroren wäre, ein Bad aber trotzdem unbedingt empfehlen würde. Der Mann lachte und spritzte seinen Freund nass. Damian wünschte ihnen noch viel Spaß, bevor Igor ihn zurück zu ihrem Plätzchen trug.

Zitternd schlang Damian die Arme um sich. „Ich bin tiefgefroren. Ist dir nicht kalt?"

„Nein." Igor holte ein Handtuch aus der Tasche und warf es Damian zu, bevor er sich auch auf das Laken setzte. „Du hast ganz blaue Lippen. Wir hätten nicht so lange im Wasser bleiben sollen."

Damian rubbelte sich die Haare trocken. Das Zittern wurde immer heftiger, er konnte es gar nicht unterdrücken. Igor zog ihn zu sich und schlang die Arme um ihn.

Damian schmiegte sich an ihn. „Wieso bist du so warm?"

„Ich friere selten." Igor legte sich mit Damian im Arm auf das Laken, angelte nach den Pullovern und breitete sie über ihnen aus.

Damian schloss die Augen und spürte, wie Igors Wärme sich langsam in seinem Körper ausbreitete. Igors Brustkorb hob und senkte sich und schaukelte ihn, wie vor wenigen Minuten noch die Wellen. Er spürte die sanften Bewegungen, mit denen Igor ihm über den Rücken streichelte und atmete seinen herben Geruch ein, gemischt mit dem Geruch des Meeres. Damians Augen brannten. Warum musste er jetzt heulen? Irgendetwas in seinem Brustkorb regte sich so intensiv, dass es fast schon weh tat. Langsam ließ das Zittern nach. Sollte Igor gemerkt haben, dass ein paar Tränen auf seinen Brustkorb getropft waren, so ließ er sich nichts anmerken. Weiterhin hielt er ihn fest und strich ihm über den Rücken.

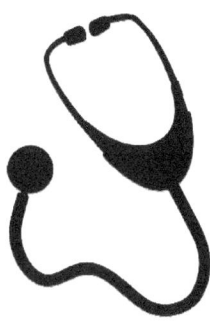

EIFERSUCHT

Wenn es nach ihm gegangen wäre, hätte Igor den Rest seines Lebens so verbracht, mit Damian im Arm, seinen Atem am Hals. Es fühlte sich gut und richtig an, ihn zu streicheln, und nachdem er einmal damit angefangen hatte, konnte er nicht mehr aufhören. Doch er durfte sich nicht zu sehr daran gewöhnen. Er fuhr Damian durch die vom Salzwasser verklebten Haare. „Frierst du noch?"

„Nur noch ein bisschen."

„Du solltest etwas essen."

„Das klingt gut. Ich habe einen Bärenhunger."

Vorsichtig schob Igor Damian von sich und richtete sich auf. Er kramte in der Tasche und legte eine Stange Baguette, Käse und Salami auf das Laken. Außerdem hatte er noch eine Flasche Wein mitgebracht.

„Lecker", sagte Damian und zog sich den Pullover über.

Igor brach ein Stück Brot ab und reichte es Damian. „Welchen Käse möchtest du?"

Damian zeigte auf einen halbfesten Schnittkäse. „Der sieht gut aus." Er zupfte ein Stück von dem Baguette ab und steckte es sich in den Mund, während er den Blick über den Strand schweifen ließ. „Bilde ich mir das nur ein oder ist es das beste Baguette, das ich jemals gegessen habe?"

„Es ist aus dem Supermarkt, so besonders kann es nicht sein."

Damian grinste ihn an. „Dann sind es wohl das romantische Ambiente und die gute Gesellschaft, die aus dem Supermarktbaguette eine Gourmetspeise machen."

Igor brummte nur. Manchmal kam er mit Damians Humor nicht klar. Er selbst war noch ganz in der Nähe und Intimität versunken, die er mit Damian im Arm gespürt hatte. Eine wehmütige Sehnsucht erfüllte ihn, weil er mehr wollte und möglicherweise nie bekommen würde. Je besser er Damian kennenlernte und je näher er ihm körperlich kam, desto größer wurde sein Verlangen. Vielleicht hatte er sich selbst mit dieser Reise zu viel zugemutet. Er hatte gedacht, dass es ihm reichen würde, um glücklich zu sein, wenn er nur in seiner Nähe war und sich um ihn kümmern konnte. Doch es reichte ihm nicht.

Als er Damian vor vielen Jahren zum ersten Mal gesehen hatte, verliebte er sich sofort in ihn. So etwas war ihm noch nie zuvor passiert und er ärgerte sich über die Gefühle, die er für einen Jungen hegte, den er gar nicht kannte. Damian war gerade erst achtzehn geworden, ein unerfahrener, viel zu hübscher junger Mann. Wenn sein Bruder Jerko ihn nicht gebeten hätte, ein Auge auf Damian zu haben, hätte er möglicherweise einfach versucht, dieses Gefühl zu unterdrücken, und den Jungen vergessen. Doch er hatte Jerko ein Versprechen gegeben und beobachtete Damian. Mit jedem Abend, den Damian im Club verbrachte, fühlte Igor sich stärker zu ihm hingezogen. Er beobachtete, wie Damian mit anderen Männern flirtete, anfangs zurückhaltend und dann immer selbstsicherer und zielstrebiger. Er gab sich unbeschwert und locker, doch immer wieder gab es Momente, in denen

Igor deutlich den Schmerz und die Einsamkeit spürte, die Damian mit sich trug. Dann wünschte er sich, Damian beistehen und ihn trösten zu können. Damian ließ sich auf niemanden ein und hinterließ reichlich gebrochene Herzen im Club. Doch sein Umgang mit anderen Männern war immer höflich und respektvoll. Er demütigte niemanden und schaffte es, auch mit den Männern befreundet zu sein, die er abgewiesen hatte. Igor bewunderte die Virtuosität, mit der Damian auf der Klaviatur der Gefühle anderer spielte. Er schenkte ihnen Momente der Ekstase, der selbstvergessenen Hingabe an ihre eigenen Wünsche, erfüllte ihnen Träume und ließ sie für kurze Zeit ihren Alltag und ihre Sorgen vergessen. Noch bemerkenswerter fand Igor, wie er es schaffte, diese Erlebnisse zu Momentaufnahmen im Leben der anderen zu machen, zu schönen Erinnerungen, die keinen üblen Nachgeschmack hinterließen. Igor war kein Feinschmecker, aber wenn er Damian beobachtete, dann kam es ihm vor, als würde er seinen Partnern ein köstliches Menü servieren, eine Explosion unerwarteter und harmonischer Geschmackserlebnisse, die ein zufriedenes Gefühl und eine schöne Erinnerung hinterließen, ohne dass ein Völlegefühl oder schlechtes Gewissen über eine unerlaubt begangene Sünde zurückblieb. Damian war ein Künstler, doch manchmal kam es Igor vor, als bliebe Damian selbst immer ein wenig unbefriedigt zurück, als habe er gegeben und nichts zurückbekommen. Igor bildete sich ein, bei Damian einen Moment der Traurigkeit zu spüren, wenn er sein Werk vollendet und einen Partner in einer Wolke der Glückseligkeit verabschiedet hatte.

Im Laufe der Jahre gewöhnte Igor sich daran, Damian aus der Ferne zu beobachten. Er wollte keiner dieser Männer sein, die ein Gastspiel in Damians Leben gaben, ohne bei ihm einen Eindruck oder eine Erinnerung zu hinterlassen. Dann begnügte er sich lieber damit, ihn in seinen Träumen zu lieben, wo er derjenige war, der Damian gab, was er sich wünschte.

Vor ein paar Jahren plagten Igor über Wochen Bauchschmerzen. Seine Schwester beschwor ihn, zum Arzt zu gehen, doch er schob den Termin immer weiter hinaus, bis er am frühen Abend im Club ohnmächtig zusammenbrach. Theodor rief den Notarzt und als Igor erwachte, hatte er eine Narbe am Unterbauch. Zufällig war es Jerko gewesen, der in dieser Nacht Dienst gehabt und ihn am Blinddarm operiert hatte. Für Igor war es ein Wink des Schicksals gewesen, der ihm die Möglichkeit gab, Jerko und seinen Bruder Damian zu VIP-Gästen des Clubs zu machen. Dadurch konnte er immer mal wieder ein paar Worte mit Damian wechseln. Auf diese kurzen Momente lebte er hin. Ab und zu wagte er es sogar, Damian freundschaftlich die Hand auf den Arm oder die Schulter zu legen. Er musste nur aufpassen, dass er sie nicht zu lange dort liegen ließ. Damian ging höflich und freundlich mit ihm um, versuchte jedoch nie, mit ihm zu flirten, und nutzte die Sonderstellung, die er im Club hatte, seit sein Bruder Igor operiert hatte, auch niemals aus. Als Damian mit Samuel zusammen war, freute Igor sich aufrichtig für ihn. Er kannte Samuel schon lange, weil er mit Samuels Bruder Benedikt befreundet war. Samuels gutes Herz, seine Offenheit und Großzügigkeit besänftigten Damians Dämonen und gaben ihm eine Ruhe, die er bei Damian vorher nie beobachtet hatte. Doch an Silvester vergangenes Jahr verletzte Damian Samuel. Damian tat es mit Absicht, da war Igor sich sicher. Am liebsten hätte er Damian am Arm gepackt und geschüttelt. Warum zerstörte er, was ihn heilen konnte? Hilflos sah Igor zu, wie die Beziehung zerbrach und wie

Damian wieder in seine alten Gewohnheiten zurückfiel. Nur schien er resigniert zu haben, als sei das Scheitern der Beziehung zu Samuel der Beweis dafür gewesen, dass er zu keiner Beziehung fähig war.

„Hey, was ist los mit dir?" Damian schubste Igor mit dem Ellbogen an und riss ihn aus seinen Gedanken.

„Nichts, alles in Ordnung."

Damian blickte ihn zweifelnd an. In diesem Moment spazierten die beiden Männer, mit denen Damian sich nach dem Bad im Meer unterhalten hatte, an ihnen vorbei. Sie lächelten freundlich und Igor war sich sicher, dass sie nicht zufällig vorbeikamen. Zu Igors Ärger bot Damian ihnen Wein an. Er hatte keine Lust, Damian und die kostbaren Momente, die er mit ihm hatte, zu teilen. Lachend und schwatzend setzten sich François und Alain zu ihnen. Igor verstand kaum ein Wort von dem, was sie mit Damian austauschten und Damian machte sich auch nicht die Mühe, für ihn zu übersetzten. Was Igor jedoch verstand, war, dass Alain heftig mit Damian flirtete. François schien nichts dagegen zu haben, vermutlich stand er auf flotte Dreier. Igor selbst fühlte sich außen vor. Normalerweise wäre ihm das egal gewesen, doch nach dem intimen Moment mit Damian regten sich Besitzansprüche in ihm. Igor biss die Zähne zusammen und versuchte, nicht grimmig auszusehen.

Ohne dass Igor im Detail verstand, was gesprochen wurde, merkte er, dass Damian Alains Annäherungsversuche höflich zurückwies. Ein paar Minuten lang wirkte Alain enttäuscht, doch Damian schaffte es auch in der fremden Sprache, die Kurve zu kriegen und Alain zu besänftigen. Kurz darauf lachte Alain wieder unbeschwert. Allerdings verabschiedeten sich die beiden Franzosen, kurz nachdem Damian ihnen klar gemacht hatte, dass dies nicht auf eine Orgie im Sand hinauslaufen würde.

Igor packte die Sachen zusammen. „Wir sollten gehen."

„Können wir nicht noch ein bisschen bleiben?"

„Es ist schon spät und bis du am Parkplatz bist, wird es eine Weile dauern." Seine Stimme klang bissiger, als er es beabsichtigt hatte.

Damian blickte überrascht zu ihm auf und begann dann schweigend, den Liner über den Stumpf zu rollen. Igor machte keine Anstalten, ihm zu helfen, sondern ging unruhig ein paar Schritte hin und her, nachdem er die Tasche geschultert hatte. Sobald Damian angezogen war, stapfte Igor los. Er gab Damian keine Chance, sich bei ihm einzuhängen, blickte allerdings kurz zurück, um sich zu vergewissern, dass Damian allein zurechtkam. Er ruderte unbeholfen mit den Armen, kam aber voran. Igor war stinkwütend. Er konnte erst gar nicht zuordnen, warum er so verärgert war. Erst nachdem sie den Strand hinter sich gelassen hatten und Damian sich mühsam am Geländer die Stufen hochzog, wurde ihm klar, dass er vor allem auf sich selbst wütend war. Was hatte er sich da nur eingebildet? Damian würde niemals ihm gehören. Er mochte ja ein Bein und ein Auge verloren haben, doch nicht das, was ihn so anziehend für andere gemacht hatte. Der gierige Blick des Franzosen war genauso über Damians Körper geglitten, wie die Blicke der Männer im Club. Damian brauchte ein wenig Zeit, um sich an die neue Situation zu gewöhnen, und anschließend würde er genau da weiter machen, wo er vor dem Unfall aufgehört hatte. Und dann würde er Igor nicht mehr brauchen und ihn vergessen. Wie hatte er nur hoffen können, jemals eine besondere Rolle in Damians Leben spielen zu können?

Damian kämpfte sich schweigend den Berg hoch und presste die Lippen aufeinander. Sicher hatte er Schmerzen, doch Igor wollte ihm nicht helfen, er konnte es nicht. Er war auch wütend auf Damian, obwohl Damian die Franzosen abgewiesen hatte. Sonst war Igor so beherrscht und in der Lage, seine Emotionen zu verstecken. Niemals durfte jemand wissen, was er empfand. Doch die Nähe zu Damian in der Felsnische am Strand hatte seinen Schutzwall einstürzen lassen. Er fühlte sich nackt, verletzlich und war nicht in der Lage, seine Enttäuschung und seinen Groll zu verbergen. Sie kamen nur sehr langsam voran. Es war Damian anzusehen, dass jeder Schritt eine Qual war. Igor wusste selbst, dass er sich nicht richtig verhielt. Er sollte Damian helfen. Noch vor ein paar Stunden hatte er ihm versprochen, ihn nicht fallen zu lassen, und nun war er nicht in der Lage, ihm unter die Arme zu greifen.

Damian atmete hörbar aus, als sie die Steigung hinter sich gelassen hatten und auf der Ebene entlang der Felsküste weitergingen. Doch kurze Zeit später sog er scharf die Luft ein. Offensichtlich war es keine Erleichterung und seine Schmerzen wurden immer stärker. Igor gab sich einen Ruck und drehte sich um. Er musste Damian helfen, auch wenn es ihm in dieser Situation schwerfiel. „Damian" rief er erschrocken aus, als er sein schmerzverzerrtes Gesicht sah, über das Tränen liefen.

„Es geht nicht mehr", schluchzte Damian. „Ich kann nicht weiter."

„Um Himmels willen." Igor fiel vor ihm auf die Knie. „Es tut mir leid", murmelte er, während er Damians Hose öffnete und nach unten schob. Seine Wut war wie weggeblasen und die Fürsorge und Liebe, die ihn so sehr an Damian banden, übermannten ihn.

Mit zitternden Händen hielt Damian sich an Igors Schultern fest, während er den Stumpf aus der Prothese zog. „Scheiße", fluchte Igor. Der Liner war rot verfärbt vom Blut, das aus aufgescheuerten Stellen quoll. „Was soll ich machen? Soll ich den Liner abrollen?"

Damian schüttelte den Kopf. „Das hat jetzt keinen Sinn. Wir haben nichts, um die Wunde zu reinigen und zu verbinden."

Igor wünschte sich, dass Hana da wäre. Sie wüsste, was zu tun wäre. In diesem Moment tauchten François und Alain an der Kante der Felsklippe auf. Rasch kamen sie auf sie zu und fragten mit erschrockenen Gesichtern, ob sie helfen könnten. Das verstand sogar Igor. Er deutete auf die Prothese und die Tasche, die im Sand lagen und bat sie, diese zu tragen. Die Männer nickten eifrig und hoben die Gegenstände auf. Igor hob Damian hoch, der die Arme um seinen Hals schlang.

„Es tut mir so leid", flüsterte Igor ihm nochmals zu, während er ihn zum Auto trug. Damian antwortete nicht. Sein Kopf lag auf Igors Brust und er hielt die Augen geschlossen. Igor zerfleischte sich. Wie hatte er nur so rücksichtslos und gemein sein können? Damian hatte ihm vertraut, sich in seine Abhängigkeit begeben und er hatte die Situation ausgenutzt. Er hatte ihn für etwas bestraft, für das er gar nichts konnte. Igors Arme brannten wie Feuer, als sie das Auto endlich erreicht hatten. Doch der Schmerz war nicht stark genug. Igor hätte am liebsten den Kopf gegen einen Baum geschlagen, doch jetzt musste er sich erst einmal um Damian kümmern. Nachdem er sich bei Alain und François bedankt hatte, fuhr er zurück zum Château und trug Damian nach oben.

„Willst du dich in die Badewanne legen?", fragte er. „Dann können wir den Liner abmachen und die Wunde säubern." Eine Dusche gab es in dem Badezimmer nicht, nur eine altertümliche Badewanne, die auf einem Podest stand.

Damian nickte und ließ alles schweigend über sich ergehen. Igor duschte Salz und Sand aus Damians Haaren und von seinem Körper und widmete sich dann dem blutigen Stumpf. An mehreren Stellen war die Haut aufgescheuert und blutete. Igor fluchte laut, während er vorsichtig die Wunden reinigte. Damian biss sich mit schmerzverzerrtem Gesicht auf die Hand. Igor half ihm, sich abzutrocknen und sich ins Bett zu legen, wo er die Wunden desinfizierte und mit sterilen Mullbinden abdeckte. Damian sprach kein Wort. Igor deckte ihn zu, bevor er sich selbst im Bad von Sand und Salz befreite. Sein Hals war wie zugeschnürt und der Druck auf seine Brust wurde immer stärker. Wie konnte er das wiedergutmachen? Würde Damian ihm jemals verzeihen?

Damian lag zusammengerollt auf der Seite, als Igor ins Zimmer zurückkam. Durfte er sich überhaupt neben ihn legen? Igor kämpfte mit sich. Er musste mit Damian sprechen, so hielt er das nicht mehr aus. Er kroch unter die Decke und legte vorsichtig die Hand auf Damians Rücken. „Damian?"

Er erhielt keine Antwort. „Ich bin ein Arschloch", sagte er.

„Warum warst du so böse auf mich?", fragte Damian leise.

„Ich war nicht böse auf dich, sondern auf mich."

„Warum denn?"

„Weil ich dich liebe."

Langsam drehte Damian sich um. Er hatte Tränen in den Augen. Wortlos rückte er näher und legte den Kopf auf Igors Brust. Igor seufzte erleichtert auf, schlang den Arm um Damian und küsste ihn auf die Stirn. Er würde Damian erklären müssen, dass er keine Erwartungen an ihn hatte und dass seine Liebe an keine Bedingungen geknüpft war. Aber nicht heute. Igor war ausgelaugt. Und für Damian war auch alles zu viel gewesen. Er zog ihn noch näher an sich heran und hielt ihn fest.

Als Damian am nächsten Morgen erwachte, lag er noch immer in Igors Arm. Er schälte sich aus der Umarmung und richtete sich auf. Der Stumpf brannte wie Feuer und er hatte starke Kopfschmerzen. Vorsichtig entfernte Damian die blutdurchtränkten Mullbinden. Hoffentlich infizierten sich die Wunden nicht, sonst war der Urlaub vorbei. Desinfektionsmittel und Verbandsmaterial lagen noch auf dem Nachttisch und Damian tupfte vorsichtig den Schorf ab. Neben ihm regte sich Igor. Als er die Augen aufschlug und sah, wie Damian den Stumpf säuberte, sprang er sofort aus dem Bett. „Warte, ich helfe dir."

„Lass mal, es geht schon."

Mit hängenden Schultern stand Igor vor ihm. Sein schlechtes Gewissen stand ihm ins Gesicht geschrieben. Damian konzentrierte sich weiter auf die Wunden. Am Vortag hatte Igor ihn hängen lassen, er war wütend vor ihm her gestapft, obwohl er gemerkt haben musste, dass Damian am Ende seiner Kräfte war. Und Damian hatte auch Igors Erklärung nicht verstanden. Die Erkenntnis, dass er ihn liebte, war vermutlich nicht neu und warum war er dann plötzlich so sauer gewesen? Es musste mit den Franzosen zu tun gehabt haben. Alain hatte mit ihm geflirtet, worüber Damian sich gefreut hatte. Alain hatte einen ungeschönten Blick auf seinen Beinstumpf und das vernarbte Auge gehabt und trotzdem hatte er ihm unmissverständlich zu verstehen gegeben, dass er Sex mit ihm wollte. Natürlich hatte ihm das geschmeichelt, wenn er das Angebot auch abgelehnt hatte. War Igor eifersüchtig? Damian hatte gar nicht in Erwägung gezogen, mit Alain zu schlafen. Ihm fehlte der Sex, aber seit dem Unfall hatte es keinen Mann mehr gegeben, mit dem er intim werden wollte. Außer vielleicht mit Igor. Aber Igor wusch ihn, trug ihn herum wie ein kleines Kind und hatte ihn in entwürdigenden Situationen erlebt. Das war alles andere als erregend und Damian wusste nicht, ob er es vergessen konnte, wenn er versuchen würde, mit Igor zu schlafen. Wahrscheinlich würde sein Schwanz sofort schlapp machen. Bislang hatte sich ja auch nichts zwischen seinen Beinen geregt, wenn Igor ihn im Arm hielt. Auch am Vortag war er nicht steif geworden, als er nackt auf Igor gelegen hatte. Sowohl am Strand als auch in der Nacht im Bett hatte sein Penis Igors Bein berührt, doch er war nicht erregt gewesen. Auch Igor war nicht hart geworden, als sie nackt ineinander verschlungen im Bett gelegen hatten. Warum liebte Igor ihn überhaupt? Damian fühlte sich nicht in der Lage, die Liebe anzunehmen. Er fühlte sich dessen nicht wert. Er war ein Versager, ein Selbstmörder und ein Krüppel. Wie konnte Igor ihn wollen? Und was genau wollte er? Wollte er Sex? Eine Beziehung? Damian war nicht beziehungstauglich, das hatte die Episode mit Samuel gezeigt. Und was war überhaupt mit ihm? Liebte er Igor? Er fühlte sich bei Igor gut und sicher. Er wollte ihn berühren und von ihm berührt werden. Er war der einzige Mensch, bei dem er sich fallen lassen konnte. Aber war das Liebe? Das Hämmern in Damians Kopf wurde immer schlimmer. Er würde jetzt keine Antwort auf seine Fragen finden. „Hast du eine Kopfschmerztablette?"

„Ja, klar." Igor holte das Medikament aus dem Bad und war sichtlich erleichtert, etwas für Damian tun zu können. Damian schluckte die Tablette und spülte sie mit einem Glas Wasser herunter.

„Es ist noch sehr früh", sagte Igor mit einem Blick auf die Uhr. „Soll ich versuchen, ob ich eine Tasse Kaffee besorgen kann?"

Damian nickte und stellte das Desinfektionsmittel zurück auf den Nachttisch.

Igor zog sich rasch eine Hose und ein T-Shirt an und verließ das Zimmer. Kurze Zeit später kam er klatschnass mit zwei großen dampfenden Bechern zurück. „Es regnet in Strömen." Er zog seine Sachen wieder aus und setzte sich neben Damian aufs Bett.

Der heiße Kaffee tat gut. „Es trifft sich ganz gut, dass das Wetter schlecht ist. Mir geht es nicht gut, ich glaube, ich muss heute im Bett bleiben."

„Es tut mir wahnsinnig leid, wie ich mich gestern verhalten habe."

„Schon gut. Ich bin nicht sauer. Verstanden habe ich allerdings nicht, warum du plötzlich wütend warst. Der Tag war so schön."

„Ich war wütend, weil ich ein eifersüchtiger Idiot bin. Das ist völlig bescheuert. Wir sind kein Paar."

Damian blickte zur Seite. Igor stierte in seinen Kaffee, als könne er darin die Zukunft lesen. „Würdest du denn wollen, dass wir ein Paar sind?"

„Ich will nur, dass es dir gut geht. Ich hätte dir nicht sagen sollen, dass ich dich liebe."

„Ich bin doch nur Ballast für dich."

Igor sah ihn an. „Du gibst mir mehr, als ich dir je geben könnte."

Damian schüttelte den Kopf. „Das verstehe ich nicht."

„Vielleicht hat das auch nicht so viel mit dem Verstand zu tun."

Damian seufzte. „Meiner funktioniert heute sowieso nicht. Ich habe höllische Kopfschmerzen und der Stumpf brennt wie Feuer." Er stellte die Tasse weg, rutschte zurück in die Kissen und rollte sich zusammen.

„Wir hätten das gestern nicht machen dürfen."

„Ich bereue keine Sekunde. Es war der schönste Tag, den ich seit langem erlebt habe. Aber heute muss ich es eben ausbaden."

Igor strich ihm sanft über die Wange. „Das ist eine Sache, für die ich dich liebe. Du lässt dich nicht unterkriegen."

Damian schloss die Augen und dachte, dass das nicht stimmte. Schließlich hatte er versucht, Selbstmord zu begehen. Aber er konnte nicht weiter diskutieren, solange die Schmerzen ihn dermaßen bedrängten.

Als Damian erwachte, brachen ein paar Sonnenstrahlen durch die Wolkendecke und malten ein Muster auf die Bettdecke. Er horchte in sich hinein und wartete auf die Schmerzen. Der Stumpf fühlte sich wund an, aber lange nicht mehr so schlimm. Auch sein Kopf pochte nicht mehr, er spürte nur noch einen Druck. Igor saß auf dem Sofa, hatte den Laptop auf dem Schoß und den Kopfhörer auf. Vermutlich sah er sich einen Film an. Als er bemerkte, dass Damian aufgewacht war, setzte er die Kopfhörer ab. „Wie geht es dir?"

„Besser."

„Hast du Hunger?"

„Es geht so." Damian musste über Igors entsetztes Gesicht lachen. „Demnach bist du dabei zu verhungern."

„Ich war kurz davor, dich anzuknabbern."

Damian grinste. Igor machte Witze? Vielleicht befand er sich bereits im Delirium vor lauter Hunger. „Wo bekommen wir etwas zu essen?"

Igor sprang auf. „Ich habe das deutsche Paar gefragt, das zum Wandern hier ist. Sie haben erzählt, dass nur ein paar Kilometer von hier entfernt eine ausgezeichnete Moulerie ist. Ich weiß zwar nicht, ob ich von ein paar Muscheln satt werde, aber um mich vor dem Hungertod zu bewahren, wird es reichen."

Damian richtete sich auf. „Na dann mal los. Allerdings kann ich die Prothese nicht anziehen."

„Das habe ich mir schon gedacht. Man kann mit dem Auto direkt vor dem Restaurant parken."

Kurze Zeit später saßen sie auf einer kleinen Veranda vor dem Restaurant und blickten über einen Kiesstrand und eine Bootsrampe aufs Meer. Die Sonne, die die Wolken in der Zwischenzeit komplett vertrieben hatte, berührte den Horizont und tauchte die Landschaft in ein warmes Licht. Allerdings wehte ein kühler Wind über das Meer und ließ Damian frösteln. Igor nahm eine Decke von einem Stapel im Eingangsbereich des Restaurants und legte sie Damian über die Schultern. Die Muscheln in einem fruchtigen Sud aus Tomaten und Kräutern schmeckten köstlich. Wie immer schaufelte Igor das Essen hektisch in sich hinein.

„Bist du satt geworden?", fragte Damian und nippte an dem Sancerre, den er bestellt hatte.

„Wenn ich mir noch einen Nachtisch gönne, wird es bis morgen früh reichen."

Damian betrachtete Igor und hatte mit einem Mal den Wunsch, ihn zu küssen. War es der Wein, das Schmerzmittel oder die Kombination von beidem? Er betrachtete Igors Lippen, das kantige Kinn mit dem Dreitagebart. Einmal schon hatte er seine Lippen berührt.

Nur ganz kurz, aber Damian meinte, die Berührung noch zu spüren. Zwischen seinen Beinen begann sich etwas zu regen. Ein schönes Gefühl, das er schon lange nicht mehr gespürt hatte. Er trank noch einen Schluck und hoffte, dass der Wein ihn das Empfinden noch ein wenig länger genießen ließ.

Später am Abend lag Damian im Bett und beobachtete Igor, der nackt im Zimmer hin und her lief. Er hatte gebadet, Wasser tropfte von seinen nassen Haaren und perlte über den imposanten Trapezmuskel. Bei jedem Schritt spielen seine Muskeln und glänzten im schwachen Licht der Stehlampe mit dem bestickten Schirm. Das Gefühl zwischen Damians Beinen hatte sich nicht verflüchtigt. Er war nackt und rieb mit dem Oberschenkel über seinen halbsteifen Penis.

Igor legte sich neben ihn und drehte sich auf die Seite. Sie sahen sich in die Augen und Igor griff nach seiner Hand. „Hast du noch Schmerzen?"

Damian schüttelte den Kopf. „Es geht mir gut." Er fühlte sich sogar ziemlich gut, sein Schwellkörper füllte sich mit Blut und sein Herzschlag beschleunigte sich. Wann hatte er sich zuletzt so lebendig gefühlt? Er rutschte so nahe an Igor heran, bis sich ihre Atemluft vermischte. Er roch Zahnpasta und Igors männlichen Geruch. Damian spürte das Blut durch seine Adern pulsieren, neigte den Kopf noch ein klein wenig und berührte Igors Lippen. Sanft streichelte er sie mit seinen, verstärkte den Druck und verschaffte sich mit der Zunge einen Zugang. Igor ließ ihn ein und stieß ein kehliges Grollen aus. Damian schob seinen Arm unter Igors hindurch und zog sich dicht an ihn. Er rieb sich an seinem Oberschenkel und eroberte stürmisch seinen Mund. Igors Atem ging stoßweise und sein Herz hämmerte gegen Damians Brustkorb, doch er erwiderte seine Umarmung nicht. Damian löste sich von ihm und blickte ihn fragend an. „Willst du nicht?"

„Doch, natürlich. Aber ich möchte nicht, dass du es ..." Er druckste herum. „...aus den falschen Gründen tust."

„Ich weiß ja nicht, was in deinen Augen die falschen Gründe für Sex sind, aber ich tue es nicht aus Dankbarkeit oder weil du es willst. Ich möchte es."

Igors Blick blieb voller Zweifel, doch er erhob sich, holte Kondome und Gleitgel aus dem Bad und kniete sich über Damian. Er umschloss Damians harten Schaft mit der Faust und bearbeitete ihn. Damian schob sich ein Stück nach unten, bis seine Eichel Igors Eingang sanft berührte. Igor schloss die Augen, ließ sich langsam sinken und nahm ihn in sich auf. Damian warf den Kopf nach hinten. „Verdammt noch mal, fühlt sich das gut an!" Es war schon so lange her und zu spüren, wie er tief in Igor versank, schickte heiße Wellen durch seinen ganzen Körper. Igor setzte sich langsam tiefer, bis er bis zum Anschlag in ihm steckte, wartete einen Moment und erhob sich dann wieder. Damian beobachtete, wie sein Schwanz aus Igor glitt, um in gemächlichem Rhythmus wieder in ihm zu versinken. Er legte seine Hände auf Igors Bauchmuskeln, spürte die Anspannung, wenn er sich zurückzog. Seine Atmung ging ruhig und sein Schwanz lag halbsteif auf dem Oberschenkel. Er war nicht besonders erregt, worüber Damian froh war. In diesem Moment wollte er einfach nur in sich hineinspüren und es genießen, ihn zu ficken, ohne sich um Igors Erregung kümmern zu müssen. Warum in aller Welt wusste Igor immer ganz genau, was er brauchte? Damian stieß mit seinem Becken noch tiefer in Igor hinein und steigerte das Tempo. Enge und Wärme umschlossen ihn, was sich wahnsinnig gut anfühlte. Er war doch noch ein Mann und konnte etwas geben. Die Energie ballte sich in ihm zusammen, er verkrampfte sich und entlud sich in Igor. Mit dem Samen, den er vergoss, schwammen auch all die Zweifel weg, die ihn geplagt hatten. Er hatte sich eingeredet, nicht lieben zu können und es auch nicht wert zu sein, geliebt zu werden. Doch was sollte es sonst sein, das er für Igor empfand und durfte er Igors Liebe nicht einfach annehmen?

Sofort nachdem Damians Körper sich zum letzten Mal verkrampft hatte, zog Igor sich zurück und legte sich auf den Rücken neben ihn. Damian atmete schwer und drehte den Kopf, doch Igor blickte zur Decke. Damian wusste, dass er litt und er würde mit ihm sprechen. Doch für den Moment fehlten ihm die Worte. Er musste sich erst ganz sicher sein, dass die Erkenntnis, die er im Moment höchster Ekstase gewonnen hatte, auch am nächsten Tag noch Bestand hatte.

Igor erwachte davon, dass Damians Hand über seinen Rücken strich, dann folgte sein Arm und kurz darauf lag Damian mit seinem ganzen Gewicht auf ihm. Er küsste seinen Nacken, sein Ohr und ein steifer Schwanz schob sich zwischen seine Oberschenkel.

„Habe ich dich geweckt?", fragte Damian leise.

Igor grunzte.

„Tut mir leid, aber ich bin ausgehungert und gestern Abend hast du meinen Appetit ziemlich angeregt." Er ließ seine Hand nach unten wandern und streichelte Igors Eingang, bevor er erst mit einem, dann mit zwei Fingern eindrang und die empfindlichen Stellen massierte. Mit einem leisen Stöhnen schob Igor ihm das Becken entgegen und nahm Damians Schwanz auf. Damian bewegte sich erst langsam und dann immer schneller in ihm. Igor schloss die Augen, es fühlte sich so gut an, viel zu gut, doch gleichzeitig zerriss es ihn fast. Genau das hatte er nie gewollt. Er wollte nicht einer der vielen Männer sein, mit denen Damian Sex hatte. Es war offensichtlich, dass sich Damian an ihm ausprobierte. Seit dem Unfall hatte er niemanden mehr gefickt und jetzt wollte er sehen, ob sich etwas verändert hatte, was er empfand und ob er noch der Hengst war, der die Männer im Club reihenweise beglückt hatte. Und er, Igor, streckte ihm freiwillig den Arsch hin, damit Damian ein Versuchskaninchen hatte. Er würde alles für Damian tun, aber wenn er nicht aufpasste, ging er dabei kaputt. Igor war stark und hatte schon viel durchgestanden. Doch er hatte sein Herz an Damian verschenkt und wusste nicht, wie er damit klarkommen würde, wenn er Damian wieder gehen lassen musste. Irgendwann war dieser Urlaub vorbei und Damian würde ihn nicht mehr brauchen. Acht Jahre lang hatte er Damian aus der Ferne beobachtet und heimlich geliebt. Wie sollte er wieder dorthin zurück, nachdem er Damian so gut kennengelernt hatte? Mit jedem Tag wurde seine Liebe verzehrender und ihn in sich zu spüren war unendlich erfüllend und schmerzhaft zugleich. Mit einem erleichterten Ächzen ergoss sich Damian in ihn und sank dann auf Igors Rücken. Er streichelte ihm über die Oberarme, die Rippen, die Hüfte und Igor musste die Zähne zusammenbeißen, um nicht zu schreien. Wie konnte Damian ihm gleichzeitig so viel Zärtlichkeit schenken und ihm so weh tun?

Am frühen Nachmittag saßen sie auf der Promenade von Pléneuf-Val-André und tranken Kaffee. Die Prothese konnte Damian immer noch nicht tragen, die Schürfwunden würden noch einige Tage benötigen, um abzuheilen. Igor hatte ihn mit dem Auto bis zur Promenade gefahren, von wo aus er mit den Unterarmkrücken bis zu dem Café gegangen war. Igor hatte einen Parkplatz gesucht und sich dann zu ihm gesellt. Schweigend saß er neben ihm und blickte über den Strand, auf dem zahlreiche sonnenhungrige Urlauber auf Strandmatten lagen, Boule spielten oder im seichten Wasser planschten. Damian griff nach Igors Hand und schlang die Finger um seine. Er wollte nicht, dass Igor litt, doch er benötigte noch ein wenig Zeit. Er spürte in sich hinein. Jetzt, wo er sich selbst eingestanden hatte, Igor zu lieben, wuchs dieses Gefühl in ihm heran. Früher hatte er gedacht, dass er nur seinen Bruder lieben konnte. Dann war Samuel in sein Leben getreten und er hatte etwas gefühlt, das er für Liebe hielt. Er hatte ihn wohl auch geliebt, doch in Samuels Gegenwart konnte er sich selbst nicht lieben. Er war nicht gut genug und litt unter dem Druck, sich für Samuel ändern zu müssen, was schließlich dazu geführt hatte, dass er Samuel verletzen wollte. Mit Igor fühlte er sich wohl in seiner Haut, konnte er selbst sein, musste sich nicht verbiegen oder vorgeben, jemand zu sein, der er nicht war. Zum ersten Mal in seinem Leben konnte er sich annehmen, wie er war und sich selbst lieben, weil Igor ihn liebte. Er streichelte mit dem Daumen Igors Handrücken und hoffte, dass Igor diese

Berührung verstand, dass er seine Empfindungen spürte, bis er den Mut fand, sie in Worte zu kleiden.

Sie spazierten die Promenade entlang, die in einem Halbbogen entlang der Bucht führte. Hinter der Bucht erhob sich ein sanfter Hügel, der dicht an dicht mit zwei und dreistöckigen Sandsteingebäuden bebaut war. Langsam zog sich das Wasser zurück und hinterließ Schlick und kleine Pfützen, in denen Kinder nach Krebsen suchten.

Igor blickte auf die Uhr. „Wollen wir hier zu Abend essen?"

„Warum nicht." Igor hatte den ganzen Nachmittag nicht mit ihm gesprochen. Dennoch lag nichts Bedrohliches oder Vorwurfsvolles in dem Schweigen. Er hatte seine Berührungen zugelassen und war auf der Promenade dicht neben ihm geblieben.

Sie teilten sich eine Platte mit Fisch und Meeresfrüchten, während sie beobachteten, wie die Sonne langsam im Meer versank.

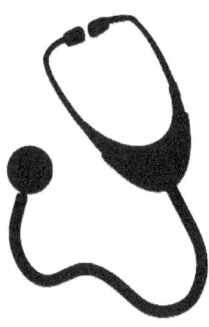

BRIGNOGAN-PLAGE

Damians Kopf lag auf seiner Schulter und er spielte mit seiner Brustwarze. Seit er die Schwelle überschritten hatte, war Damian unersättlich. Igor schloss die Augen. Er war fast schon so weit gewesen, Damian zu sagen, dass er so nicht weiter machen könne, doch dann hatte Damian seine Hand gehalten, als sie auf der Promenade gesessen hatten. Die Berührung war so suchend und zärtlich gewesen, dass Igor fast die Tränen gekommen waren. Er würde alles nehmen, was Damian ihm zu geben bereit war. Und wenn es dann vorbei war, würde er sein Leben wieder sortieren. Er streichelte den Stumpf, den Damian auf seinen Oberschenkel gelegt hatte. Zumindest würde Damian niemals einem seiner zukünftigen Liebhaber gestatten, seine Narben zu liebkosen, da war Igor sich sicher. Das war ihm vorbehalten. „Morgen Vormittag müssen wir weiterfahren", sagte er.

„Schade, im Château hätte ich es noch eine Weile ausgehalten."

„Unsere nächste Station wird dir auch gefallen."

„Wo fahren wir denn hin?"

„Lass dich überraschen."

„Ich kann nicht begreifen, warum du das alles für mich tust", murmelte Damian. „Wie soll ich dir jemals davon irgendetwas wieder zurückgeben?"

Igor ließ seine Fingerspitzen weiter sanft über die Narbenstränge gleiten. Eine Antwort auf die erste Frage hatte er Damian bereits gegeben und im Gegenzug würde Igor nur dann etwas von Damian annehmen, wenn er es von Herzen geben konnte.

Während sie sich dem Hotel bei Brignogan-Plage näherten, das Igor für sie ausgesucht hatte, wurde Damian immer ruhiger. Er schien den Blick nicht von dem wilden Küstenstreifen losreißen zu können, der vor ihnen lag. Langsam fuhr Igor in eine sandige Stichstraße, die nur von einer halbhohen Mauer und einer Hecke vom Strand getrennt war. Er parkte den Wagen und holte die Krücken aus dem Kofferraum. Damian stieg aus und ging ein paar Schritte, von wo aus er über die Mauer aufs Meer blicken konnte. Es war Ebbe, Algen bildeten grüne Streifen auf dem Sand und Felsbrocken, die sonst im Meer versunken waren, lagen in buntem Durcheinander auf dem Strandabschnitt. Ein kräftiger Wind bog die Gräser, die am Fuß der Mauer wuchsen, gegen die Steine. Igor deutete auf ein einzelnes zweistöckiges Gebäude, das am Ende des Strandes direkt am Meer lag. „Das ist unser Hotel."

Damian sagte nichts. Er stellte eine Krücke an der Mauer ab und wischte sich mit zitternder Hand über die Augen.

Igor legte ihm den Arm über die Schulter. „Ist alles in Ordnung?"

„Genau so habe ich mir die Bretagne immer vorgestellt. Ich dachte, so einen Ort gibt es gar nicht." Damians Augen glänzten feucht, als er Igor ansah. „Du bist wirklich mein Märchenprinz. Du hast mich an den Ort meiner Träume geführt."

Nachdem sie eingecheckt und ausgepackt hatten, setzten sie sich auf die Veranda vor dem Hotel. Igor bestellte Austern und Weißwein, die sie sich schmecken ließen, während sie nebeneinander auf Liegestühlen saßen und auf die Brandung blickten. Das Wasser eroberte langsam den Strand wieder zurück, während die Sonne immer tiefer sank. Als es kühler wurde, holte Igor Jacken und Decken. „Möchtest du zum Abendessen ins Restaurant?", fragte er Damian, der unverwandt auf die Wellen blickte.

„Können wir nicht hier sitzen bleiben?"

„Etwas Warmes können wir auf der Terrasse nicht bestellen. Außer den Austern gibt es nur noch einen Käseteller oder eine Schinkenplatte."

„Wäre das in Ordnung für dich? Ich möchte so gerne hier sitzen bleiben."

„Natürlich." Igor ging durch die Glastür zur Bar, wo er die Bestellung aufgab. „Ich gehe ein Stück spazieren, bis das Essen da ist", teilte er Damian anschließend mit. Er musste sich ein paar Minuten die Beine vertreten. Er verstand nicht, wie Damian stundenlang reglos dasitzen und aufs Meer starren konnte. Er freute sich ja, dass er mit dem Hotel ins Schwarze getroffen hatte, aber eigentlich hatte er sich auf eine leckere warme Mahlzeit gefreut. Noch war der Strand breit genug, um die Bucht, in der sie sich befanden, zu verlassen. Er kletterte über Felsen und Steine, bis er die nächste Bucht erreichte. Sie war noch schöner als die, in der das Hotel stand, fand Igor. Eine Böschung begrenzte den Strand landeinwärts und kein Haus war zu sehen. Nach wenigen Minuten hatte er die Bucht überquert, bis ihm felsige Abschnitte den Blick auf die weitere Küstenlinie versperrten. Ob sich dahinter wohl noch ein Sandstrand verbarg? Eigentlich sollte er umkehren, doch nach dem langen Sitzen tat Igor die

Bewegung gut. Er kletterte über den felsigen Abschnitt und erreichte die nächste Bucht. Sie war etwas breiter und zwei moderne Ferienhäuser standen direkt hinter dem Strand. Die Wellen eroberten immer mehr Land und nur ein schmaler Streifen Sand verblieb, auf dem Igor weiterging. Bei jedem Schritt flogen kleine Insekten aus dem Sand auf. Igor bückte sich, um sie zu betrachten, doch die fast durchsichtigen kleinen Tierchen waren zu schnell für sein Auge. Wenn er wieder über den Strand zurücklaufen wollte, musste er umkehren, sonst war der Weg versperrt. Nur noch ein paar Meter, beschloss er. Am Ende der Bucht stand ein halb verfallenes altes Häuschen, das er in Augenschein nehmen wollte. Es lag etwas höher als die Ferienhäuser und schmiegte sich an einen mit Gräsern und Büschen bewachsenen Hügel. Vor dem Haus führte ein Bootssteg ein stückweit hinaus aufs Meer. Als er näherkam, sah er die Fensterläden im Wind klappern. Das Gebäude war etwas verwittert, aber so verfallen, wie es zunächst gewirkt hatte, war es gar nicht. Es schien unbewohnt zu sein. Als er das Haus erreicht hatte, war der Strand fast vollständig vom Wasser bedeckt. Er würde einen anderen Weg zurück zum Hotel finden müssen. Er umrundete das Haus und entdeckte einen schmalen Pfad, der über die Dünen an der Küste entlangführte und der ihn sicherlich zu Damian führen würde. Er warf noch einen letzten Blick auf das Haus und entdeckte ein Schild, das an einen Pfosten genagelt war: „à vendre".

Ein Gedanke schoss Igor durch den Kopf, den er jedoch sofort wieder, ungehalten über sich selbst und seine gewagten Einfälle, verdrängte.

Damian empfing ihn mit einem Lächeln, als er nach einer ganzen Weile wieder zurück zu der Veranda kam. Mittlerweile war es dunkel und die Wellen klatschten gegen die Betonmauer, hinter der sich die Veranda befand. „Du warst lange weg."

„Entschuldigung. Es ist wirklich schön, den Strand entlang zu spazieren. Eine Bucht reiht sich an die andere."

Damian griff nach seiner Hand. „Danke, Igor."

Etwas verlegen räusperte er sich und setzte sich neben ihn. „Hast du noch etwas zu essen?"

Damian schob ihm die Platten zu. „Ich habe schon angefangen. Es schmeckt köstlich."

Gierig aß Igor den Käse und den Schinken. Er hatte großen Hunger.

„Bestelle dir doch noch etwas. Du siehst nicht aus, als ob du satt geworden wärst."

Igor stand auf, da die Häppchen in der Tat nur für den hohlen Zahn gewesen waren. „Möchtest du auch noch etwas?"

Damian, der wieder unverwandt aufs Meer blickte, obwohl dort nur noch tiefe Schwärze zu sehen war, schüttelte den Kopf.

Einige Zeit später lag Igor im Bett und starrte die Decke an. Im Gegensatz zu den vorhergehenden Nächten, suchte Damian keinen Körperkontakt zu ihm, sondern lag in einiger Entfernung auf dem Rücken. Durch das geöffnete Fenster hörte Igor die Wellen gegen den Beton der Veranda klatschen, die sich direkt unter ihrem Zimmer befand. Er vermisste Damians Kopf auf seiner Schulter und sehnte sich nach den Händen, die ihn überall gestreichelt hatten. Wie würde er sich erst fühlen, wenn Damian wieder weg war? Sein Herz krampfte sich zusammen.

„Igor, bist du noch wach?"

Er schluckte den Kloß in seinem Hals herunter. „Ja."

„Woran denkst du?"

Igor brummte nur. Das war die falsche Frage zum falschen Zeitpunkt.

Eine Zeitlang lauschten sie den Wellen, bis Damian das Schweigen durchbrach. „Ich muss dir etwas sagen."

„Was denn?" Der Kloß war wieder da. Wurde Damian alles zu viel und zu eng, wie damals bei Samuel? Damian hatte ihm nicht davon erzählt, aber Igor hatte in Damians Blick lesen können, wie in einem offenen Buch, als er an Silvester mit einem Fremden in den Darkroom gegangen war, wo er Samuel betrogen hatte. Er war wie ein Tiger in einem Käfig gewesen, der verzweifelt nach einer Möglichkeit gesucht hatte, auszubrechen.

Damian drehte sich zu ihm, doch Igor starrte weiter an die Decke. Er konnte ihm nicht in die Augen blicken.

„Ich liebe dich."

Ruckartig drehte er sich um. „Was sagst du da?"

„Ich habe mich in dich verliebt, Igor Terzic."

„Was soll das heißen?", krächzte Igor.

Damian lachte leise. „Ich dachte, das sei eine eindeutige Aussage. Du hast mir gesagt, dass du mich liebst, was ich immer noch nicht glauben kann. Was willst du von einem Versager mit nur einem Bein und einem Auge? Allerdings liest du mir jeden Wunsch von den Augen ab und trägst mich im wahrsten Sinne des Wortes auf Händen, da kann ich doch gar nicht so wertlos sein. Und dass ich mich auch in dich verliebt habe, fühlt sich so verdammt gut an, dass ich Angst habe, es auszusprechen. Es ist einfach zu schön, um wahr zu sein. Solche Dinge passieren mir nicht."

„Sag es noch mal", forderte Igor.

Damian wälzte sich auf ihn und streifte zart seine Lippen. „Ich liebe dich und ich gehöre dir, wenn du mich willst."

Mit einem Stoßseufzer legte er die Arme um Damian und küsste ihn, nein, er verschlang ihn. Die so lange unterdrückte Leidenschaft loderte in ihm auf und brach durch ihn hindurch.

Der Seufzer, mit dem Igor ihn an sich riss, fuhr Damian durch alle Glieder. Von einer Sekunde auf die andere stand der sonst so ruhige und beherrschte Igor in Flammen. Mit der Zunge, den Händen, den Augen eroberte er jeden Millimeter seiner Haut und ein großer, steinharter Schwanz zeugte von seiner Erregung. Mit zärtlichen, ehrfürchtigen Berührungen bedachte er Damians Gesicht, die Brust, die Hüfte und verharrte besonders lange am Beinstumpf. Es machte Damian nichts aus, im Gegenteil. Die Verehrung, die Igor seinem Körper entgegenbrachte, gab ihm das Gefühl, schön und begehrenswert zu sein, trotz seiner Makel. Bislang hatte Damian sich nur einmal in seinem Leben ansatzweise so geliebt gefühlt, doch damals war er noch jung und unerfahren gewesen, und hatte vielleicht zu viel in die Situation hineininterpretiert. Damian ließ sich fallen und gab sich Igor hin. Die Sicherheit, aufgefangen zu werden, in liebenden Händen zu liegen, war überirdisch gut. Igor kniete sich zwischen seine Oberschenkel und zog mit der Zunge einen Streifen entlang der Adern seines Schafts. Mit zarten Küssen bedachte er die empfindliche Eichel und leckte die ersten Tropfen ab. Damians Dasein reduzierte sich auf die Lust, die Igor ihm schenkte, er spürte nur noch seine Zunge und Finger, die sanft seine Haut streiften. Unter halb geschlossenen Lidern beobachtete er Igor, die Hingabe, mit der er an ihm saugte und leckte. Ihre Blicke trafen sich, als Igor seine Schenkel gegen den Bauch drückte. Ein dunkles Feuer loderte in Igors Augen, bevor er den Kopf senkte und vorsichtig an seinen Hoden knabberte. Eine feuchte Zunge umfuhr seine Öffnung, drückte dagegen und leckte sich hungrig und ungeduldig hinein. Damian schloss die Augen, entspannte sich und gab dem sanften Druck der dehnenden Zunge nach. Seine Sorgen und Ängste zerflossen und lösten sich im Nebel der Sinnlichkeit auf.

Und als Igor dann irgendwann, nachdem er ihn ausgiebig mit der Zunge und den Fingern verwöhnt und vorbereitet hatte, tief in ihn eindrang, gehörten alle Zweifel, die er vielleicht noch gehabt hatte, der Vergangenheit an. In Igors Augen, die ihn unverwandt ansahen, während er sich erst langsam und dann immer schneller in ihm bewegte, lag ein Versprechen, das Damian bedingungslos erwidern konnte.

Mitten in der Nacht erwachte Igor. Sogar im Schlaf noch hielt er Damian eng umklammert. Ihm war heiß und er hatte Durst. Vorsichtig löste er sich von Damian, goss sich ein Glas Wasser ein und stellte sich ans Fenster. Das Licht des Vollmondes, der über dem Meer stand, schimmerte als breites silbernes Band auf der Meeresoberfläche. Es war wunderschön. Sollte er Damian wecken, um es ihm zu zeigen? Er drehte sich zu ihm um und betrachtete ihn. Noch immer konnte er kaum glauben, was am vergangenen Abend geschehen war.

Damian regte sich. Seine Hand fuhr suchend über die Laken. „Igor?"

Igor setzte sich aufs Bett und griff nach seiner Hand. „Ich bin hier."

Blinzelnd öffnete Damian die Augen.

„Hast du Durst?", fragte Igor.

Damian nickte und richtete sich auf.

Igor reichte ihm das Wasserglas und zeigte dann durch das geöffnete Fenster auf den silbernen Streifen, der direkt auf sie zuzuführen schien. „Es ist Vollmond."

„Das sieht wunderschön aus." Damian stellte das leere Glas ab, kuschelte sich an Igor und ließ die Fingerspitzen über seinen Bauch wandern, worauf Igor schon wieder hart wurde. Er konnte sich nicht vorstellen, jemals genug von Damian zu bekommen. Seine schlafwarme Haut war so weich, sein Geruch so verführerisch und die trägen Bewegungen, mit denen er ihn im Halbschlaf liebkoste, so unwiderstehlich. Er rollte Damian auf die Seite, zog ihn mit dem Rücken dicht an sich heran und verteilte sanfte Küsse auf seinen Schultern und dem Hals. Langsam strich er über Damians Taille, die Hüfte, den Oberschenkel und wanderte mit den Fingerspitzen auf die Innenseite. Er zog spielerische Kreise auf der weichen Haut seiner Hoden und drückte mit dem Daumen gegen Damians Eingang. „Wird es dir zu viel?", flüsterte er ihm leise ins Ohr.

Er spürte Damians Lachen mehr, als er es hörte. „Das fragst du jetzt? Hör bloß nicht auf." Er winkelte das Bein noch etwas weiter an, um ihm den Zugang zu erleichtern. So langsam und sanft er konnte, schob Igor sich in ihn hinein. Vorsichtig zog er sich fast vollständig zurück, um wieder in ihn zu gleiten, so gemächlich er nur konnte. Damian stöhnte leise und wand sich unter der süßen Qual. Igor fasste um ihn und streichelte erst behutsam und dann immer energischer Damians Schaft. Igor versuchte, jede Sekunde auszukosten und in sein Gedächtnis zu brennen. Damians Geruch, der Geschmack, den er auf seiner Zunge hinterließ, die enge Wärme, die ihn umschloss und die Härte, die er in seiner Faust spürte. All das wollte er abspeichern und aufbewahren, damit er sich immer an diesen perfekten Moment erinnern konnte. Doch irgendwann überrollte ihn die Gier, seine Selbstkontrolle zersplitterte und er stieß immer heftiger in Damian hinein. Haut klatschte aneinander und Hitze schoss durch Igors Körper. Damians langgezogenes Stöhnen und das Pulsieren seines Glieds in Igors Hand ließen auch ihn über den Abgrund stürzen. Er presste Damian an sich und pumpte ein letztes Mal in ihn hinein, bevor die Anspannung seiner Muskeln nachließ, und er schwer atmend den Kopf auf die Laken sinken ließ.

EINE FRAGE

„Das Frühstück haben wir verpasst", sagte Igor, als er aus dem Bad kam.

„Für mich ist das kein Problem, aber du hast doch sicher Hunger."

„Ich fahre kurz weg und bringe etwas mit, dann können wir am Strand picknicken."

„In Ordnung." Damian drehte sich nochmal im Bett um.

„Gestern habe ich an der Rezeption nach einem Duschstuhl gefragt. Er steht jetzt im Bad, dann kannst du in der Zwischenzeit duschen, wenn du möchtest."

Damian brummte und vergrub die Nase in den Laken, die nach Sex und nach Igor rochen. In Gedanken spürte er, wie Igors Hände über seinen Körper wandern, seine fordernde Zunge im Mund und Hitze, die seinen Körper überzog. Es war unglaublich erfüllend gewesen, nie hatte er sich angenommener gefühlt und nie hatte sein Herz sich so für jemanden geweitet.

Die Sonne stand schon tief am Horizont, als Damian davon erwachte, dass sein Magen laut knurrte. Ein Blick auf die Uhr zeigte ihm, dass es schon später Nachmittag war. Wo war Igor? Damian angelte nach den Unterarmstützen und ging ins Bad. Nach einer ausgiebigen Dusche zog er sich an und nahm den Aufzug ins Erdgeschoß, wo sich die Rezeption und das Restaurant befanden. Er fragte nach einem Stück Kuchen, doch es gab keinen. Innerlich schüttelte er den Kopf. Würde er ein Hotel führen, gäbe es immer frisch gebackenen Kuchen. Notgedrungen begnügte er sich mit einem Cappuccino und wählte Igors Nummer.

„Damian?"

„Wo bist du denn?"

„Ich bin gleich zurück. Sorry, es hat länger gedauert."

„Kein Problem, ich habe fast den ganzen Tag verschlafen. Allerdings habe ich jetzt großen Hunger."

„Ich auch. Wir gehen gleich essen."

Kurze Zeit später saß Igor neben ihm und bestellte sich ebenfalls einen Cappuccino. „Das Picknick müssen wir auf Morgen verschieben, jetzt ist es schon zu spät. In einer halben Stunde macht das Restaurant auf, einen Tisch habe ich gerade reserviert."

„Wo warst du den ganzen Tag?"

„Ich bin rumgefahren", antwortete Igor ausweichend.

Damian sah ihn von der Seite an. Ein seltsamer Ausdruck, den er nicht deuten konnte, lag auf Igors Gesicht. Was war los? Bereute Igor etwa, was geschehen war? Das konnte nicht sein. Damian schob den beunruhigenden Gedanken beiseite. Es fiel ihm einfach nur so schwer zu glauben, dass das alles nicht nur ein schöner Traum war. Als könne er seine Zweifel spüren, lächelte Igor ihn kurz an und fegte damit den Rest der Unsicherheit weg.

„Ich hole mir oben noch schnell ein Jackett, wenn wir im Restaurant essen."

„Klar." Igor nickte und folgte der Kellnerin zu dem Tisch am Fenster, der für sie reserviert war. Er bestellte Champagner und blickte durch die Scheibe auf die Brandung. War es richtig, was er vorhatte? Würde er Damian damit nicht zu sehr unter Druck setzen? Die Gischt spritzte hoch und erinnerte Igor an seine eigenen überschäumenden Emotionen. Er war kein Mensch, der sich von seinen Gefühlen leiten ließ. Doch er musste Damian gegenüber zum Ausdruck bringen, was er empfand und wie ernst es ihm war. Er würde es tun! Igor konnte den Blick nicht von den tosenden Wellen abwenden, die sich an den harten Felsen brachen, aufbäumten und dann sanft zurück in den Ozean rollten. Danach würde er weitersehen.

Aus dem Augenwinkel beobachtete Igor, wie Damian aus dem Aufzug trat und an der Rezeption vorbei auf die Glasfront zuging, die das Restaurant von der Lobby abtrennte. Einige Gäste hatten sich im vorderen Bereich des Restaurants eingefunden, wo sie sich mit einem Aperitif in der Hand um Stehtische gruppierten. Blicke von Frauen und auch Männern folgten Damians schlanker Gestalt. Das Hinken tat der Eleganz seiner Erscheinung keinen Abbruch, genauso wenig wie die schwarze Augenklappe oder die Narben die Schönheit seines Gesichtes schmälerten. Er sah so verdammt heiß aus und sein Anblick weckte Erinnerungen an die vergangene Nacht. Am liebsten hätte Igor ihn umgehend an die Hand genommen, nach oben bugsiert und wieder auf die Laken geworfen. Doch er hatte noch eine wichtige Mission und hoffte, dass sein Vorhaben die Aussicht auf eine weitere unglaubliche Nacht nicht trüben würde. Als sich ihre Blicke trafen, lächelte Damian ihn an und nährte damit die Flamme, die in Igors Herzen loderte.

Die Kellnerin reichte ihnen die Karten und brachte den Champagner. Damian prostete ihm zu und nippte am Glas. „Oh, ist das ein Dom Pérignon? Haben wir etwas zu feiern?"

Igor brummte nur und hoffte, dass dies der Fall sein würde. Er beobachtete Damian, der aufmerksam die Karte studierte. Obwohl er den ganzen Tag noch nichts gegessen hatte, fühlte sich sein Magen an, wie zugeschnürt.

Damian wendete eine Seite. „Die Karte liest sich fantastisch. Was möchtest du essen?"

„Bestellst du für mich?"

„Klar."

Als die Kellnerin zurückkam, lächelte Damian sie an und bestellte. Wenn er französisch sprach, bekam seine Stimme so einen melodischen Klang, den Igor unglaublich sexy fand, auch wenn er kein Wort verstand. Die Kellnerin lachte, zeigte auf die Karte und bedachte Damian mit einem Schwall Worte. Offensichtlich hatte er eine Frage gestellt, die sie ausführlich beantwortete.

Als die Kellnerin verschwunden war, ballte sich ein Kloß in Igors Magen zusammen. Hatte er etwa Schiss? Ein kleines bisschen vielleicht, gestand er sich selbst ein. Doch es gab kein Zurück, jetzt oder nie. Er räusperte sich und suchte Damians Blick.

„Ist alles in Ordnung?", fragte Damian. „Du siehst so ernst aus."

Erneut räusperte sich Igor, doch der Frosch in seinem Hals dachte nicht daran, zu verschwinden. Die Finger in seiner Hosentasche schlossen sich um das kleine, mit Samt bezogene Kästchen. „Ich würde ja gerne vor dir auf die Knie fallen, aber das erregt vielleicht doch zu viel Aufmerksamkeit und macht es dir schwerer, dich so zu entscheiden, wie du es wirklich willst."

Damians Augen weiteten sich, als Igor das Kästchen öffnete und über das glattgebügelte Tischtuch schob. „Willst du mich heiraten?"

Damians Mund öffnete und schloss sich wieder, während er auf den goldenen Ring starrte, der auf einem roten Samtkissen ruhte.

„Es mag dir etwas überstürzt vorkommen, aber ich liebe dich schon so lange." Igor versuchte ein schiefes Grinsen. „Nach letzter Nacht bin ich ohnehin der glücklichste Mann auf Erden. Wenn du Nein sagst, ist das in Ordnung für mich, schließlich überfahre ich dich mit meinem Antrag ganz schön. Trotzdem sollst du wissen, dass ich mir nichts mehr wünsche, als den Rest meines Lebens mit dir zu verbringen." Schwer atmete Igor aus. So, jetzt war es raus.

„Igor", krächzte Damian und blickte zwischen dem Ring und seinem Gesicht hin und her.

„Ich möchte dich nicht unter Druck setzten. Du musst gar nicht antworten. Nimm den Ring als Zeichen meiner Liebe und gib mir deine Antwort dann, wenn du bereit dazu bist."

Damian stemmte sich am Tisch hoch, ging um ihn herum und schlang die Arme um seinen Hals. Die Lippen, die sich auf Igors legten, waren so heiß, dass sie ein Brandmal hinterließen. „Es ist zwar mehr als überstürzt und veraltet, ich meine, wer heiratet heute schon noch? Außerdem hast du keine Ahnung, worauf du dich da einlässt. Aber es ist so unglaublich romantisch und im

Moment fühlt es sich einfach nur richtig an, also: Ja, ich will."

Igor umfasste Damians Gesicht und zog ihn, ungeachtet der neugierigen Blicke, die auf ihnen lagen, zu einem weiteren Kuss heran. „Ich liebe dich."

Mit zitternden Händen aß Damian seine Vorspeise. Sonst widmete er seine ganze Aufmerksamkeit den Geschmacksrichtungen und der Konsistenz einer gut zubereiteten Speise, doch an diesem Abend konnte er den Blick nicht von seinem Ringfinger nehmen. Was war nur in den letzten Monaten geschehen? Vor dem Unfall war ihm sein Leben wie eine Einbahnstraße erschienen, die glasklar vor ihm lag: Bis zur Rente würde er in seinem langweiligen Job arbeiten, seinen Bruder bekochen und wahllos Männer ficken, bis sein Schwanz versagte. Die Aussicht darauf hatte ihn nicht in große Aufregung versetzt, ihn aber auch nicht abgeschreckt, es war eben seine gewohnte Welt, die sich nur so langsam veränderte, dass er es nicht wirklich spüren konnte. Und dann hatte der Unfall ihm die Sicht auf seine Zukunft geraubt. Plötzlich lag vor ihm nur noch tiefe Schwärze und das hatte ihm eine höllische Angst eingejagt. Der Boden war ihm unter den Füßen weggezogen worden und er befand sich im freien Fall. Igor und Hana hatten ihn aufgefangen und ihm Bodenhaftung gegeben. Das allein war schon ein Wunder. Doch er hätte niemals damit gerechnet, so starke Gefühle für Igor zu entwickeln. Sein Herz war weit geöffnet und lag vor Igor wie auf dem Präsentierteller, was ihn zerbrechlich machte. Seit seiner Kindheit war er darauf bedacht gewesen, sich nie wieder in eine so verletzliche Lage zu bringen. Eher wäre er gestorben, als sich einer Person so auszuliefern. Nun legte er Igor sein Herz zu Füßen und es fühlte sich einfach nur gut an. Er war sich sicher, dass Igor seinem Herzen so viel Sorgfalt und Ehrfurcht entgegenbringen würde, wie in der vergangenen Nacht seinem Körper. Er hatte keine Angst, verletzt zu werden. Er fühlte sich geborgen. Daher hatte er auch keine Sekunde lang gezögert, Igors Antrag anzunehmen, auch wenn das von außen betrachtet übereilt und absurd erscheinen mochte. Er legte die Gabel weg und streckte den Arm aus. Igor war schon lange fertig und beobachtete ihn. Ihre Finger berührten sich auf der Tischplatte.

„Alles in Ordnung, Liebling?", fragte Igor leise.

Damian schluckte und musste sich zusammenreißen, um zu verhindern, dass ihm Tränen der Rührung über die Wangen liefen. „Ja, wirklich. Ich muss das zwar erst noch verdauen, aber es fühlt sich gut an."

Daran, was an diesem Abend auf seinem Teller gelegen hatte, konnte Damian sich nicht mehr erinnern. Nur Igors Blick, der forschend auf ihm lag, war ihm im Gedächtnis geblieben. Als Igor ihn wenig später auszog und jeden Quadratmillimeter seines Körpers in Besitz nahm, heulte Damian wie ein Baby. Erneut weinte er all die Tränen, die er als Kind vergossen hatte, doch diesmal war jede Träne eine Erleichterung und gab ihm die Freiheit, sich wieder auf einen Menschen einlassen zu können.

Zunächst war Igor besorgt, doch ohne dass Damian ihm erklären musste, was mit ihm geschah, schien er es zu verstehen und gab Damian die Sicherheit, sich bedenkenlos fallen zu lassen, ohne sich für seine Tränen schämen zu müssen.

Am nächsten Morgen fühlte Damian sich völlig ausgelaugt. Eine tiefe Erschöpfung machte seine Glieder so schwer, dass er sich kaum auf den Laken umdrehen konnte. Igor war nicht mehr im Zimmer und auch aus dem Bad drangen keine Geräusche zu ihm. Er drehte sich um und schloss die Augen wieder. Doch dann blinzelte er kurz, um zu sehen, ob er tatsächlich diesen Ring am Finger trug, oder ob alles nur ein Traum gewesen war. Er war da! Ein schlichter, breiter Ring aus Rotgold mit einer glatt polierten Oberfläche. Seufzend schloss er die Augen wieder und spürte in sich hinein. Fühlte es sich noch so gut an wie am Vorabend, verlobt zu sein? Oder gab es da einen Anflug der Panik, die ihn gelähmt hatte, als es ihm mit Samuel zu verbindlich wurde? Nein, er fühlte sich frei und leicht und geliebt. Eine Weile lang genoss er einfach nur das gute Gefühl und die angenehme Erschöpfung, die seinen Körper schwer in die Laken drückte.

Irgendwann rappelte er sich doch auf und setzte sich unter die Dusche. Wohin war Igor schon wieder verschwunden? Am Vortag war er in Brest gewesen, um den Ring zu besorgen. Auf der Unterseite der Schachtel, in der sein Ring gelegen hatte, stand die Adresse eines Juweliers. Für sich hatte Igor den gleichen Ring erstanden, den er sich an den Finger gesteckt hatte, nachdem Damian seinen Antrag angenommen hatte. Es gefiel Damian, den Ring auch an Igors Finger glänzen zu sehen.

Wo war Igor? Nun, er würde schon wieder auftauchen. Trotz aller Zuversicht, was ihre Beziehung anging, gab es doch eine ganze Reihe von Fragen, die Damian Igor stellen musste. Am Abend zuvor waren sie beide zu sehr in der Situation gefangen gewesen, um sich um organisatorische Fragen kümmern zu können.

Wie am Vortag setzte sich Damian an die Bar, trank eine Tasse Cappuccino und wartete auf Igor, der kurze Zeit später mit einer Kühltasche in der Hand durch die Lobby auf ihn zukam. Er stellte die Tasche ab und küsste ihn. „Alles in Ordnung?"

Damian nickte. „Und bei dir? Bereust du es schon?"

Igor legte ihm die Hand in den Nacken und küsste ihn erneut. „Niemals."

„Was macht dich so sicher?"

„Das kann ich dir nicht sagen, aber ich habe keine Zweifel, dass ich mit dir zusammen sein möchte. Was ist mit dir?"

„Momentan habe ich auch keine Bedenken. Aber ich bin mir nicht sicher genug, um mich damit auf alle Zeiten festzulegen."

Igor lächelte. „Du liebst mich ja auch noch nicht so lange wie ich dich."

Das war eine der Fragen, die Damian auf der Zunge brannten. „Das hast du gestern auch schon gesagt. Was meinst du damit?"

„Ich habe mich in dich verliebt, als du mit deinem Bruder zum ersten Mal im *Dusters* aufgetaucht bist."

„Was? Du kanntest mich doch gar nicht."

„Damals habe ich mich auch über mich selbst geärgert und gedacht, dass diese alberne Verliebtheit wieder verschwindet."

Damian starrte ihn nur an.

„Ist sie aber nicht. Meine Gefühle für dich sind immer stärker geworden, obwohl wir kaum miteinander gesprochen haben."

„Warum hast du nie etwas gesagt?", flüsterte Damian heißer.

„Du warst noch so jung und musstest erst einmal Erfahrungen sammeln. Und es war offensichtlich, dass du nicht an einer Beziehung, geschweige denn an mir, interessiert warst."

Damian schluckte. Diese Information musste er erst einmal verdauen. „Aber ich bin nicht mehr der gutaussehende Junge von damals."

„Nein, jetzt bist du ein Mann, der begehrenswerteste Mann, der mir je begegnet ist."

Die Ebbe hatte große Bereiche des Strandes freigelegt, so dass sie über den Sand zur nächsten Bucht gelangen konnten, ohne über die Felsen klettern zu müssen. Igor trug die Kühltasche und half Damian über die felsigen Stellen. Noch immer spürte er bei jedem Schritt die wundgescheuerten Stellen an seinem Stumpf. Wenn er wieder in Berlin war, musste er unbedingt zum Orthopädietechniker gehen. Vielleicht konnte er die Prothese besser anpassen, damit sie nicht so scheuerte. Er versuchte, die Schmerzen zu ignorieren und sich auf den Anblick der Dünenlandschaft zu konzentrieren. „Die Bucht ist noch schöner als die, in der das Hotel steht. Machen wir unser Picknick hier?"

Igor zeigte auf die Felsen, die den Blick auf die weitere Küstenlinie versperrten. „Ich denke, hier wird immer die nächste Bucht die schönste sein."

„Das können wir aber nicht überprüfen. So weit komme ich mit der Prothese nicht."

„Bis zur nächsten Bucht würde ich gerne gehen und dort picknicken. Schaffst du das?"

Zweifelnd musterte Damian die Steinbrocken, die ihnen den Weg versperrten. „Müssen wir über die Felsen klettern?"

„Es sind nur ein paar Steine. Notfalls trage ich dich."

„Du hast mich schon genug herumgetragen."

Igor grinste ihn schelmisch an. „Einmal darf ich dich aber noch über die Schwelle tragen, oder?"

Das glatt polierte Gold des Rings funkelte an Damians Finger und sein Anblick schickte eine warme Welle durch seinen Körper. „Da kann ich schlecht Nein sagen."

Igor nahm ihn an der Hand und half ihm über die glitschigen mit Algen bewachsenen Steine. „Gehen wir noch bis zum Ende der Bucht, wo das alte Häuschen steht."

Zwischen den Dünen war es windgeschützt und Igor breitete eine Decke auf dem Sand aus. Er hatte Baguette, Käse, Schinken und Wein mitgebracht.

„Mir gefällt die Ecke hier wahnsinnig gut." Damian rollte eine Scheibe Schinken zusammen, steckte sie in den Mund und blickte über den Strand. „Es ist nicht so lieblich. Die Algen und Steine geben dem Strand ein wildes, unordentliches Aussehen und die Wellen klatschen so ungebremst gegen die Felsen."

„Mir gefällt es hier auch sehr gut."

Damian trank einen Schluck Wein. „Was wird Hana zu unserer Verlobung sagen?"

„Ich habe sie heute Morgen angerufen und es ihr gesagt."

„Und?"

„Sie freut sich für uns, aber wahrscheinlich hat sie auch ein bisschen Angst vor den Veränderungen, die auf sie zukommen."

„Warum sollte sich für Hana etwas verändern?"

„Ich denke, dass sie sich Sorgen macht, weil sie befürchtet, ausziehen zu müssen."

„Du hast ihr hoffentlich gleich gesagt, dass sie das auf keinen Fall muss – zumindest nicht wegen mir."

Igor rieb sich die Nase. „Zuerst wollte ich das mit dir besprechen. Wenn du zu mir ziehst, wovon ich ausgehe, ist es auch dein Zuhause."

„Ich ziehe gerne zu euch, zu Hana und dir, bei meinem Bruder fühle ich mich sowieso nicht mehr wohl."

Erleichtert seufzte Igor. „Ich bin sehr froh, dass ich Hana beruhigen kann. Und was ist mit Jerko? Was wird er sagen?"

Damian grinste. „Er wird toben und denken, dass wir heiraten müssen, weil ich schwanger bin."

Igor lachte laut. „Sein Gesicht kann ich mir lebhaft vorstellen. Wann wirst du es ihm sagen?"

„Wenn wir wieder zu Hause sind."

Damian beobachtete die Wellen, die langsam immer mehr vom Strand zurückeroberten. Wenn sie wieder in Berlin waren, musste er sich auch Gedanken um seine berufliche Zukunft machen. Er musste sich informieren, welche Möglichkeiten er mit der Prothese hatte, eine Ausbildung in der Gastronomie zu machen. Auf keinen Fall würde er wieder in einer Bank arbeiten. Und Igor wollte er auch nicht dauerhaft auf der Tasche liegen. Er hatte schon genug für ihn getan.

Igor begann, die Lebensmittel wieder einzuräumen. „Wir haben noch einen Termin."

Überrascht blickte Damian auf. „Einen Termin? Wo? Und weshalb?"

Igor zog ihn hoch. „Du wirst schon sehen." Er rollte die Decke zusammen und stapfte entlang der Dünen durch den Sand auf das verfallene Haus zu. Damian folgte ihm.

Sie gingen um das Häuschen aus unregelmäßigen Granitsteinen, mit einem schwarzen Schindeldach und verwitterten, blauen Fensterläden herum. Vor dem Haus stand ein zitronengelber Peugeot, aus dem eine Frau in einem grauen Hosenanzug stieg. Mit einem verkniffenen Lächeln begrüßte sie Igor und Damian, bevor sie die Haustür aufschloss.

„Warum schauen wir uns das Haus an?", fragte Damian leise, als sie ins Innere des Hauses traten, das ziemlich muffig roch.

„Sieh es dir einfach mal an und sage mir dann, was du denkst."

Die Frau führte sie herum und leierte ein paar Daten auf Französisch herunter. Das Haus war ein typisch bretonisches Steinhaus aus dem 18. Jahrhundert. Es kam Damian so vor, als würde sie vorwiegend auf die Nachteile des Gebäudes hinweisen. Sie zeigte ihnen die verschimmelten Stellen an der Decke und die nicht funktionierenden Toilettenspülungen, bewegte eine quietschende Tür hin und her, die schräg in den Angeln hing. Doch sie versäumte es, auf den traumhaften Ausblick über das Meer und den schönen Schnitt hinzuweisen. Das war allerdings auch nicht nötig, denn Damian nahm kaum den muffigen Geruch oder die zersplitterten Bodendielen wahr. Er ließ seinen Blick durch das große Zimmer im Erdgeschoß schweifen, das eine bis ins Dach offene Balkendecke und einen direkten Zugang zu einer überdachten Holzterrasse mit Steingrill hatte. Angrenzend an den großen Raum befand sich eine geräumige Küche. Die beiden kleinen Seitenflügel des Hauses waren durch Türen von dem großen Raum abgetrennt und baugleich. Unten befand sich jeweils ein etwas größerer Raum und im Dachgeschoß je zwei Schlaf- und Badezimmer.

Damian strich über einen der dicken Holzbalken, die den großen Wohnraum in mehrere Nischen teilten, und blickte durch die trüben Fenster auf das Meer. Vor seinem inneren Auge füllten rustikale Tische und Stühle den

Raum, eine Theke stand neben der Tür, die in die Küche führte. In einer Ecke luden ein gemütliches Sofa und zwei Sessel zum Entspannen ein. Er sah nicht nur den Kuchen auf der Theke stehen, die Dekoration an den Wänden, sondern er roch auch den Duft von gemahlenen Kaffeebohnen und frisch gebackenem Kuchen, der durch den Raum zog.

Igor ruckelte an der Terrassentür, die sich nur unter Schwierigkeiten öffnen ließ. Die Maklerin versäumte es nicht, sie darauf hinzuweisen, dass das Glas der Tür einen großen Sprung aufwies. Damian trat über die Schwelle auf die morschen Holzbalken der Veranda. Durch das Haus im Hintergrund und die Dünen, die sich dicht neben dem Haus auftürmten, war die Terrasse windgeschützt. Nur ein leichter Luftzug wehte den salzigen Duft des Meeres in Damians Nase und vor seinem inneren Auge sah er Loungemöbel aus dunklem Rattan und zwei weitere Tische auf der großzügigen Veranda stehen. Es war ein Traum!

Die Maklerin führte sie über eine Treppe mit einem schön geschwungenen Geländer in das Dachgeschoss eines Seitenflügels. Die Bäder waren in einem erbärmlichen Zustand. Damian hatte keinerlei Schwierigkeiten, über all die Unzulänglichkeiten hinwegzusehen. In seiner Fantasie erschien die Einrichtung in den Zimmern. In Berlin hatte er sein Zimmer mit schwarzen Möbeln ausgestattet, doch hier wuchsen in seinen Gedanken helle maritime Möbel aus dem Boden und bildeten einen schönen Kontrast zu den alten, dunklen Dielen, die den Boden bedeckten.

Auf dem Weg nach unten strich Damian über den abgegriffenen Handlauf der Treppe, spürte das Holz unter seinen Händen und Wärme in seinem Brustkorb. Er hatte sich schon wieder verliebt.

Kurze Zeit später verabschiedete sich die Maklerin und fuhr davon.

Igor drehte sich zu ihm. „Und, was meinst du?"

Damian seufzte. „Ich habe keine Ahnung, warum wir das Haus besichtigt haben, und ich traue mich kaum, dir zu sagen, was ich denke."

„Bitte, sage es mir einfach."

„Okay. Es ist mir zwar peinlich, aber ich habe sofort ein kleines Café unten in dem großen Wohnzimmer gesehen, mit zusätzlichen Tischen auf der Veranda. Das Haus ist ganz schön sanierungsbedürftig, aber die Lage und der Schnitt sind ein Traum. In einem der Flügel ist ein Zimmer für uns und für Hana und in dem anderen Flügel könnten wir noch zwei Gästezimmer einrichten. Oder Hana könnte einen der Flügel für sich haben."

Igor zog ihn in die Arme. „Genau das habe ich auch gesehen, als ich das Haus vor zwei Tagen in den Dünen entdeckt habe: Damians Café am Meer."

Ein kalter Schauer lief Damian in Igors warmer Umarmung über den Rücken. Ja, es war ein Traum, aber nicht realisierbar. Manche Wünsche waren in Gedanken besser aufgehoben als in der Realität. „Eine schöne Idee, aber das geht nicht."

„Warum nicht?"

„Wer soll das bezahlen? Es ist ja nicht nur das Haus, die Sanierung würde Unsummen verschlingen. Und wir können kein Café so weit weg von Berlin und dem *Dusters* aufbauen."

„Wenn du es möchtest, kriegen wir das alles hin."

Damian schälte sich aus seiner Umarmung. „Die Maklerin hat auch nicht den Eindruck gemacht, als wolle sie uns das Haus überhaupt verkaufen."

„Da hast du recht. Aber es ist nicht ihre Entscheidung. Das Haus steht schon eine ganze Weile leer und wenn wir es wollen, können wir es kaufen."

„Auf ihre Art wollte sie uns damit vermutlich mitteilen, dass wir nicht willkommen sind."

Bedächtig nickte Igor. „Das ist nicht Berlin. Wir sind schwul und Ausländer. Niemand wird uns hier mit offenen Armen empfangen. Die Frage ist, ob wir uns davon einschüchtern lassen oder nicht."

Damian schüttelte den Kopf. Der schöne Traum löste plötzlich riesige Beklemmungen in ihm aus. „Mir ist das im Moment alles zu viel, Igor. Unsere Verlobung hat mich schon komplett aus der Bahn geworfen, momentan ist nicht der richtige Zeitpunkt für eine so große Entscheidung. Wie sollte das auch gehen? Du musst dich um den Club kümmern und allein könnte ich das hier nicht."

„In Ordnung. Lass uns einen Schritt nach dem anderen gehen." Igor nahm ihn an der Hand und zog ihn zu dem Weg in den Dünen, der sie zurück zum Hotel führte. Damian warf noch einen sehnsüchtigen Blick zurück zu dem Haus, wo ein Fensterladen im Wind gegen das Mauerwerk schlug.

BERLIN

Zwei Tage später fuhren sie zurück nach Berlin. Die Landschaft zog an Damian vorbei und mit jedem Meter, der sie vom Atlantik trennte, wuchsen Beklemmungen in Damian. In der Bretagne hatte sich die Verlobung mit Igor richtig angefühlt, doch wie würde das in Berlin aussehen? Was würde Jerko dazu sagen? Damian konnte sich nicht vorstellen, dass er die Nachricht ruhig aufnahm. Und wie würde ihr Leben weitergehen? Mit den rollenden Wellen im Hintergrund hatte er sich das alles ganz entspannt vorgestellt, doch je näher sie dem Alltag kamen, desto mehr Fragen und Sorgen türmten sich vor ihm auf. Ihm war bewusst, dass er Angst vor Veränderungen hatte, seit Professor Sanders ihm das vor Augen geführt hatte. Während der Sitzungen waren sie auf dieses Thema ausführlich eingegangen. Die erste einschneidende Veränderung in Damians Leben war der Tod seines Vaters gewesen. Und diese Veränderung hatte Damian den Boden unter den Füßen weggezogen und ihm das Vertrauen in die Zukunft geraubt. Auch der Unfall hatte sein Leben durchgerüttelt, nichts war mehr, wie es vorher gewesen war. Vor allem hatte der Unfall ihn von seinem Bruder getrennt. Seit Damian denken konnte, war Jerko immer die unerschütterliche Festung in seinem Leben gewesen. Doch der Unfall hatte auch Jerkos

Gleichgewicht zerstört, so dass er sich nicht mehr an ihn lehnen konnte. Und nun saß Damian mit zugeschnürtem Hals im Auto und kämpfte gegen die Panik an, weil er nicht mit den Veränderungen umgehen konnte, die seine Verlobung mit sich brachte.

Igor fuhr auf einen Rastplatz, parkte den Wagen, drehte sich zu ihm und legte ihm die Hand aufs Knie. „Schatz, alles wird gut, ich verspreche es dir." Er zog ihn in die Arme. Damian atmete schwer an seiner Brust und bekam trotzdem nicht genug Sauerstoff. Igor konnte ihm das nicht versprechen. Auch er hatte keinen Einfluss auf das Schicksal. Igor strich ihm sanft über den Rücken und hielt ihn fest. Igors Körpergeruch und sein fester Griff beruhigten Damian allmählich. Igor war da! Er war jetzt sein Fels in der Brandung und gab ihm Halt. Allein war er nur ein dürrer Grashalm, der im Wind schwankte, doch Igor war der Baumstamm neben ihm. Gelehnt an Igor, konnte er aufrecht stehen. „Es tut mir leid", flüsterte Damian. „Es wird auch nicht das letzte Mal sein, dass ich Panik bekomme."

„Alles wird gut", wiederholte Igor, fasste Damian unter dem Kinn und küsste ihn. Igors warme Lippen, seine Zunge, die langsam in ihn eindrang, sein Geschmack und die Erregung, die der Kuss durch seinen Körper schickte, verdrängten die Panik. Das Band um seinen Brustkorb, das ihm die Luft abgeschnürt hatte, lockerte sich.

Samuel hatte ein ungutes Gefühl, als er seinen Wagen am Straßenrand abstellte und gemeinsam mit Jerko durch das Gartentor auf Igors verwitterte Villa zuschritt.

Damians Stimme hatte einen seltsamen Unterton gehabt, als er sie zum Essen eingeladen hatte. Vor drei Tagen waren Damian und Igor aus der Bretagne zurückgekehrt und sie hatten sich noch nicht gesehen, worüber Jerko ziemlich verärgert war. „Jetzt muss ich mich schon in das Haus eines Fremden einladen lassen, damit ich meinen Bruder zu Gesicht bekomme", schimpfte er, während sie die drei abgetretenen Sandsteinstufen hinaufgingen.

„Sei nicht kindisch", sagte Samuel und drückte auf den Klingelknopf. „Igor ist kein Fremder und dein Bruder ist ein erwachsener Mann." Doch er hatte das Gefühl, dass eine unangenehme Auseinandersetzung vor ihnen lag.

Igor öffnete die Tür und schüttelte ihnen die Hand. „Schön, dass ihr da seid. Damian kommt gleich. Er kann gerade nicht aus der Küche weg. Keine Ahnung, was er da zaubert."

Jerko knurrte nur.

Sie gingen ins Wohnzimmer. Das Krankenbett, das dort gestanden hatte, war weg und Igor hatte die Möbel wieder an ihren alten Platz gerückt. „Kann ich euch schon mal einen Schluck Wein anbieten?"

„Gerne", antwortete Samuel.

In diesem Moment öffnete sich die Tür und Hana betrat das Wohnzimmer. Wie immer sah sie aus wie ein verschrecktes Kaninchen und ging zögernd auf sie zu.

Samuel umarmte sie. „Hallo, Hana. Wie geht es dir?" Im Gegensatz zu ihrem braungebrannten Bruder sah Hana sehr blass aus und hatte Ringe unter den Augen.

„Ganz gut, danke", antwortete sie mit leiser Stimme und drehte sich dann zu Jerko um.

Angesichts der verängstigten Frau konnte sich sogar Jerko ein verkniffenes Lächeln abringen. Igor nahm fünf Gläser aus einer altmodischen Vitrine und öffnete eine Weinflasche.

Gerade als sie sich zuprosteten, kam Damian zur Tür herein, worauf Samuel der Atem stockte. Er sah verdammt gut aus! Auf die dämliche Augenklappe hatte er verzichtet und die Narben auf der Wange gaben seinem sonst so ebenmäßigen Gesicht ein verwegenes Aussehen. Er hinkte zwar, doch er hatte wieder diese aufrechte, elegante Haltung, mit der er vor dem Unfall alle Blicke auf sich gezogen hatte, wenn er einen Raum betrat. Und als er Samuel umarmte und auf die Wange küsste, lag ein ganz neues Leuchten in seinem Auge. „Hallo, Damian. Die Bretagne scheint dir gut bekommen zu sein."

Jerko starrte Damian nur an, bis er auf ihn zuging und die Arme um ihn legte. „Großer Bruder, schön, dich zu sehen."

Seufzend erwiderte Jerko die Umarmung, antwortete jedoch nicht.

„Wie war euer Urlaub?", wollte Samuel wissen.

„Sehr schön", antwortete Igor kurzangebunden und warf Damian einen Blick zu, den er mit einem Zucken um den Mundwinkel erwiderte. Da fiel bei Samuel der Groschen und als er dann noch etwas Goldenes an Damians Ringfinger blitzen sah, musste er an sich halten, um nicht laut zu quietschen. Wie würde Jerko das wohl aufnehmen? Er schielte zur Seite. Den Ring konnte Jerko noch nicht gesehen haben. Er starrte seinen Bruder zwar an wie hypnotisiert, doch einen Verlobungsring an seinem Finger würde er sicher nicht ohne einen Kommentar hinnehmen.

Nach der Vorspeise, Damian hatte Jakobsmuscheln gebraten, ließ er die Bombe platzen. Nachdem er ihnen eröffnet hatte, dass Igor um seine Hand angehalten hatte, herrschte betretenes Schweigen im Raum. Die Hypnose schien Jerko weiterhin fest im Griff zu haben und Hana blickte zu Boden. Mit Sicherheit hatte sie es schon gewusst, doch ihrer Miene war deutlich zu entnehmen, dass sie ihre eigenen Schwierigkeiten mit dieser Veränderung hatte.

Samuel räusperte sich. „Das sind ja mal aufregende Neuigkeiten. Herzlichen Glückwunsch!"

Jerko starrte seinen Bruder weiter an.

Damian seufzte. „Bitte Jerko, sag doch was. Wenn Igor bei mir ist, geht es mir gut. Er macht mich glücklich und auch wenn ich das nicht so richtig glauben kann, mache ich ihn wohl auch glücklich. Ich wünsche mir, dass du dich für mich freust und mir deinen Segen gibst."

Jerko stand auf und ging um den Tisch herum. Auch Damian erhob sich und die Brüder blickten sich in die Augen. „Ich kann sehen, dass es dir gut geht", sagte Jerko schließlich. „Und wenn Igor dafür verantwortlich ist, dann wünsche ich euch beiden alles Glück der Welt."

Damian fiel ihm um den Hals.

„Allerdings verstehe ich diese Eile nicht", murmelte Jerko in der Umarmung. „Vor drei Wochen wart ihr noch nicht einmal ein Paar. Wie kann es sein, dass ihr dann jetzt schon verlobt seid? Wenn du meine Schwester wärst, müsste ich Igor einige unangenehme Fragen stellen."

Igor grinste breit hinter Jerkos Rücken, was Samuel bei ihm noch nie gesehen hatte.

Ein paar Stunden später lag Samuel auf dem Rücken und versuchte vorsichtig, unter Jerkos Gewicht eine bequemere Position zu finden. Am nächsten Tag würden einige blaue Flecken seine Schultern und Oberschenkel zieren. Jerko hatte ihn grob angefasst und hart gefickt. Nicht, dass Samuel das störte. Im Gegenteil, es machte ihn total heiß, wenn Jerko sich an ihm abreagierte. Und Samuel liebte es genauso, wenn Jerko sich danach an ihn klammerte wie ein kleines Kind. Samuel glitt mit den

Fingerspitzen sanft durch seine kurzen Haare. Er liebte diesen Mann mit jeder Faser seines Herzens und hoffte, dass er seine lautlosen Bekundungen verstand: Samuel würde ihn nicht verlassen und war für ihn da. Auch wenn er kein Wort gesagt hatte, lag Jerkos Zerrissenheit greifbar in der Luft. Natürlich freute er sich für Damian, nachdem er begriffen hatte, dass sein Bruder glücklich war. Jerkos größte Sorge war gewesen, dass Damian nach dem Unfall nie wieder einen Weg zurück ins Leben finden würde. Doch durch die Verlobung hatte Jerko Damian verloren – zumindest empfand er es wohl so. Das enge Band zwischen den Brüdern war zerrissen. Jerko hatte immer darauf geachtet, dass seine Partner sich nicht zwischen Damian und ihn schieben konnten. Auch zu Samuel hatte er immer einen gewissen Abstand gehalten, um die Beziehung zu seinem Bruder nicht zu gefährden, und nun hatte Damian diese stillschweigende Vereinbarung zwischen den Brüdern gebrochen.

Sowohl Jerko als auch Samuel hatten gesehen, wie Igor Damian geküsst hatte, als sie sich einen Moment lang unbeobachtet fühlten. Die Intensität, die in diesem Kuss lag, löste in Samuel einen Stich des Neides aus. Jerko hatte ihn noch nie so geküsst, so, als sei er das Wichtigste auf der Welt und das Zentrum seines Universums. Dieser Kuss hatte Samuel und sicher auch Jerko unmissverständlich gezeigt, dass er als engster Vertrauter in Damians Leben abgelöst worden war. Und nun fühlte Jerko sich verloren.

Samuel wanderte mit seiner Hand ein Stück tiefer und streichelte Jerkos Nacken.

„Danke, dass du so viel Geduld mit mir hast", flüsterte Jerko.

Er neigte den Kopf und hauchte einen Kuss auf Jerkos Haare. „Ich liebe dich."

„Ich liebe dich und bin dem Schicksal unendlich dankbar, dass es mir diesen vorlauten Studenten auf die Station geschickt hat." Er hob den Kopf von Samuels Brust, rutschte ein Stück nach oben und legte seine Lippen auf Samuels. Vielleicht war das ihre Chance, dachte Samuel, als ihre Zungen zärtlich miteinander spielten. Möglicherweise hatte Damian nicht nur sich aus der Umklammerung befreit, sondern auch seinem Bruder einen Weg gezeigt, sein Leben neu zu ordnen.

ERINNERUNGEN

Igors Brusthaare glitten seidig durch Damians Finger. Mit den Fingerspitzen zeichnete er das Relief der Narben nach, die von der Schulter auf Igors Brustkorb verliefen. Warum berührten sie nur so gerne gegenseitig ihre Narben?

„Es lief doch ganz gut, oder?", fragte Igor.

„Ja, Jerko hat es erstaunlich ruhig aufgenommen." Er rieb seine Wange an Igors Rücken und kuschelte sich noch näher an ihn. Der Wutausbruch, auf den er sich gefasst gemacht hatte, war ausgeblieben, doch Damian fand es noch unheimlicher, dass Jerko ausgesehen hatte wie versteinert. Zum Glück war Samuel dagewesen und hatte sich um seinen Bruder gekümmert. Immer wieder hatte er Jerko beruhigend angefasst, die Hand auf seinen Oberschenkel gelegt oder ihn mit dem Oberarm gestreift. Zum Dank hatte Jerko Samuel ein paarmal wegen irgendeiner Lappalie angefahren. In seiner Großzügigkeit nahm Samuel ihm das noch nicht einmal übel, sondern blieb weiter die Stütze an seiner Seite. Innerlich schüttelte Damian den Kopf. Wenn er damals, als er Samuel auf der Tanzfläche verführt hatte, geahnt hätte, welche Rolle er in ihrem Leben noch spielen und wie geduldig er mit ihnen beiden sein würde. „Zum Glück hat er Samuel", sprach Damian seine Gedanken aus.

„Ja, er wird Jerko auffangen. Du brauchst dir keine Sorgen zu machen. Auch wenn Samuel nicht so aussieht, sein Kreuz ist breit genug, um deinen Bruder mit seinen Launen zu ertragen."

Damian küsste Igor träge zwischen die Schulterblätter. „Manchmal muss ich an unsere Mutter denken, wenn ich die Wut in Jerkos Augen flackern sehe. Ich weiß, dass das unfair ist, Jerko ist nicht wie sie, aber vor diesem bedrohlichen Ausdruck in den Augen hatte ich meine ganze Kindheit lang Angst."

Igor drehte sich zu ihm um. „Jerko liebt dich und will dich nur beschützen."

Damian nickte. „Ich weiß und ich hoffe, dass er mit Samuel glücklich ist." Er legte die Hand auf Igors Brust. „Was ist mit Hana?"

Igor seufzte. „Sie hat es nicht so gut aufgenommen. Aber ich verstehe nicht, was ihr Sorgen macht."

„Sie ist so verschlossen."

„Sie hat abgestritten, dass sie Probleme mit unserer Verlobung hat. Aber es ist nicht zu übersehen, dass sie leidet."

„Vielleicht sollte ich mit ihr reden."

„Versuchen kannst du es ja."

Der Club wirkte riesig, als Damian im Halbdunkel über die Tanzfläche ging. Alles war sauber, aufgeräumt und wartete darauf, am Abend zum Leben erweckt zu werden. Er hatte Igor begleitet, der im Büro saß, telefonierte und sich um ein paar organisatorische Angelegenheiten kümmerte. Danach wollten sie zum Essen gehen. Damian machte sich einen Kaffee, es war das erste Mal, dass er hinter dem Tresen stand. Er brauchte eine ganze Weile, bis er die professionelle Maschine zum Laufen brachte. Nachdem er Igor eine

Tasse ins Büro gestellt hatte, spazierte er mit seinem Kaffee durch den Club, in dem er seit dem Unfall nicht mehr gewesen war. Igor hatte umgebaut, aus einem großen Darkroom drei kleinere Kabinen gemacht und anstelle von zwei weiteren großen Darkrooms ein *Cruising Labyrinth* mit *Glory Holes* bauen lassen. Damian betrat das Labyrinth. Es war ziemlich dunkel, konnte allerdings, wie er von Igor wusste, mit verschiedenen Lichteffekten, von neonfarbenem Stroboskoplicht bis hin zu gedämpfter romantischer Beleuchtung illuminiert werden. Es wirkte futuristisch und früher hätte Damian es ziemlich heiß gefunden, durch das Labyrinth zu irren und zu erkunden, welche Überraschungen an den *Holes* warteten. Doch er hatte sich verändert, flüchtige sexuelle Kontakte interessierten ihn nicht mehr, sondern er sehnte sich nur noch danach, Igor zu berühren, und Igors Hände auf seinem Körper zu spüren.

„Gefällt es dir?" Igor schaltete eine Beleuchtungsvariante ein und gesellte sich zu ihm.

„So etwas habe ich noch nie gesehen, es ist ziemlich ausgefallen und bestimmt der Renner im Club."

„Ja, es wird gut angenommen."

Sie schlenderten aus dem Labyrinth in eines der angrenzenden Spielzimmer. „Das hier habe ich auch renovieren lassen, der Sling und der Käfig sind neu."

„Schön für die, die es mögen." Damian öffnete die Tür zu einem weiteren Séparée, das abschließbar war und in dem sich keinerlei Ausstattung befand. „Das ist das einzige Zimmer, das du nicht verändert hast."

Igor brummte.

„Das ist komisch, weil ich ausgerechnet an dieses Zimmer eine besondere Erinnerung knüpfe." Damian betrat das Zimmer und strich mit der Hand über die Wand.

Der raue Putz kitzelte seine Handflächen und sofort war alles wieder gegenwärtig.

„Welche Erinnerung?"

Damian drehte sich um und lächelte Igor in dem schwachen Licht an, das durch den geöffneten Türspalt drang. „Hier habe ich meine Unschuld verloren."

„Daran erinnerst du dich noch?"

„Ja, es war etwas ganz Besonderes, obwohl ich noch nicht einmal weiß, wer der Mann war. Im Club flirtete ich mit einem Kerl und dachte, dass er mir in den Darkroom folgen würde, aber ich glaube, er war es gar nicht. Ich habe den Sex wunderschön in Erinnerung, aber vielleicht nur deshalb, weil es das erste Mal war. Womöglich habe ich das verklärt abgespeichert."

„Wo hast du gestanden?" Igors Stimme klang wie ein Reibeisen.

Damian drehte sich zur Wand und legte die Hände auf den Putz. „Ich war ganz schön nervös und es war stockfinster. Der Mann kam rein und hat mir die Augen verbunden, bevor ich wusste, was los ist."

„Bleib stehen, wo du bist", knurrte Igor und verschwand.

Wenige Augenblicke später kam er zurück und schloss die Tür hinter sich. Finsternis hüllte Damian ein und die Angst und Aufregung, die ihn damals zum Erzittern gebracht hatten, ergriffen wieder Besitz von ihm.

Igor näherte sich von hinten und legte ihm eine Augenbinde um den Kopf. „Ist es dein erstes Mal?"

Ein Schauer lief durch Damians Körper, als er nickte.

„Hast du Angst?"

Erneut nickte Damian und irgendetwas in seinem Kopf schrie laut auf.

„Du kannst mir vertrauen, ich werde vorsichtig mit dir sein. Wenn du etwas nicht möchtest, sag es mir einfach und ich höre sofort auf."

„Du warst das?", krächzte Damian.

Fingerspitzen legten sich auf seinen Nacken und streichelten vorsichtig über seine Schultern und entlang der Oberarme. Er spürte den Körper hinter sich, von dem er damals nicht gewusst hatte, zu wem er gehörte, und Lippen küssten zart die empfindliche Haut an seinem Hals. Wie elektrische Stromschläge leiteten seine überempfindlichen Nervenbahnen die sanften Berührungen in sein Gehirn, wo sie sich mit den Erinnerungen mischten. Damians Knie gab nach. Igor fing ihn auf und stützte ihn, bis er wieder wackelig auf seinem Bein und der Prothese balancieren konnte.

„Alles in Ordnung?", flüsterte Igor.

Damian nickte und ein Schluchzer entkam seiner Kehle.

„Soll ich weitermachen?"

„Ja, bitte."

Noch immer schien Igor sich an jede Bewegung zu erinnern. Langsam fuhr er unter sein Hemd, streichelte den Bauch, den Brustkorb und spielte mit den Brustwarzen, während er zarte Küsse hinter Damians Ohr verteilte. Wie damals, als er Vertrauen zu dem Fremden gefasst hatte, beruhigte er sich langsam und genoss das träge Streicheln, fern von Eile und Zeitdruck.

Die Hände wanderten langsam an seiner Taille nach unten und fuhren unter den Hosenbund. Damian sog die Luft ein, als Fingerspitzen die Peniswurzel erreichten. Die Finger zogen Kreise an seinem Unterbauch und verließen die Enge der Hose, um den Gürtel zu öffnen. Igor schob seine Hose nach unten, kniete sich hinter ihn und küsste sich entlang seines Rückens nach unten auf die Pobacken.

Er knetete und streichelte seinen Po, bevor er langsam mit einem Finger durch die Ritze fuhr und die zarte, runzelige Haut um seinen Eingang streifte. Damian hörte nur noch das Blut in seinen Ohren rauschen, als der Finger die empfindliche Stelle wieder verließ.

„Mehr", bat er keuchend, stellte die Beine weiter auseinander und reckte Igor den Po entgegen. Die feuchte Wärme einer Zunge zog eine Spur über seine zitternde Haut und bewegte sich zielstrebig in eine bestimmte Richtung. Unwillkürlich hatte Damian damals alles zusammengekniffen, weil es ihm unangenehm gewesen war. Wie damals hielt Igor inne. „Es wird dir gefallen", flüsterte er, spreizte langsam seine Backen und umrundete mit der Zunge den Anus, bevor er mit der Spitze die empfindliche Stelle kitzelte.

Keuchend lehnte sich Damian mit der Stirn gegen die Wand.

„Du schmeckst himmlisch", murmelte Igor und widmete sich dann wieder seinem Eingang. Zuerst mit einem und dann mit zwei Fingern dehnte er ihn, drang ein und fand zielsicher diesen Punkt, der Damian elektrisierte und seiner Kehle ein animalisches Stöhnen entlockte.

Wie vor neun Jahren brach Damian zusammen, als er sich schließlich in seiner Faust ergoss. Und wie damals stütze Igor ihn, bis er wieder aufrecht stehen konnte. Doch anstatt ihm dann noch einen Kuss auf die Halsbeuge zu hauchen und den Raum zu verlassen, konnte er diesmal tun, was er auch damals schon so gerne getan hätte: Er hob Damian hoch und trug ihn in sein Büro, wo er ihn auf dem Sofa ablegte, das er manchmal nutzte, um im *Dusters* ein Nickerchen zu machen. „Geht es dir gut?", fragte er und sah Damian, der die Augen noch immer geschlossen hielt, besorgt an.

„Warum hast du nie etwas gesagt?"

„Ich dachte, du hättest es längstens vergessen."

Damian schlug die Augen auf. „Und warum hast du es getan?"

Igor setzte sich neben Damian auf die Kante des Sofas. Hoffentlich nahm Damian ihm nicht übel, was damals geschehen war. „Ich wusste, warum du an dem Abend im *Dusters* warst. Dein Bruder hatte mich gebeten, auf dich aufzupassen, weshalb ich dich im Auge behalten habe. Till, der Mann, den du für dein erstes Mal ausgesucht hattest, sah zwar gut aus, war aber ein Idiot. Ich war schon ein paarmal kurz davor, ihm Hausverbot zu erteilen, weil er andere bloßgestellt hat. Zum Beispiel hatte er mit einem Mann Sex und erzählte nachher an der Bar herum, er habe einen winzigen Schwanz. Ich wollte nicht, dass du deine erste Erfahrung mit ihm machst."

„Und dann bist du für ihn eingesprungen?"

„Ich hoffe, du bist mir nicht böse. Geplant hatte ich das nicht. Aber als ich gesehen habe, wie Till geifernd hinter dir her in den Darkroom gehen wollte, habe ich Theodor gebeten, ihn vor die Tür zu setzten. Und na ja, den Rest kennst du."

„Hast du dich dabei in mich verliebt?" Damian hob die Hand und streichelte Igors Unterarm.

Erleichtert seufzte er. Damian war nicht verärgert, das konnte er in seinen Augen sehen. „Nein, das ist schon passiert, als ich dich zum ersten Mal mit Jerko im Club gesehen habe." Er beugte sich vor und streifte seine Lippen. „Jetzt tut es mir leid, dass ich es dir nicht schon früher gesagt habe. Aber ich dachte nicht, dass es für dich etwas Besonderes war."

Damian lachte leise. „Doch, das war es. Ich habe jahrelang nach dem Mann gesucht, dem ich diese Erfahrung zu verdanken habe."

„Tut mir leid", wiederholte Igor.

„Jetzt habe ich ihn ja gefunden." Damian zog ihn zu sich und küsste ihn. Eng umschlungen lagen sie auf dem Sofa in Igors Büro und streichelten sich träge.

„Wie bist du eigentlich auf die Idee gekommen, einen Schwulenclub zu eröffnen?", fragte Damian nach einer Weile.

„In Ahmići, wo wir mit unseren Eltern gelebt haben, war man diesbezüglich alles andere als aufgeschlossen. Als ich sieben Jahre alt war, habe ich miterlebt, wie ein junger Mann zusammengeschlagen und öffentlich gedemütigt wurde, weil man ihn mit einem Mann aus einem anderen Dorf erwischt hat. Mich hat das damals sehr erschreckt und ich hatte großes Mitleid mit dem Mann. Vermutlich habe ich es irgendwie schon geahnt, dass ich auch schwul bin. Ausgerechnet dieser Mann, dem man die Haare abgeschoren hatte, und dessen Eltern ein exorzistisches Ritual an ihm durchführen ließen, war später mit dabei, als meine Mutter vergewaltigt und getötet wurde. Und mir kam es vor, als sei er besonders aggressiv gewesen."

„Wie schrecklich", flüsterte Damian.

„Vielleicht wäre dieser Mann nicht so geworden, wenn er nicht gedemütigt worden wäre und wenn er seine Bedürfnisse hätte ausleben können."

„Kann sein", stimmte Damian zu.

„Als Hana mich aus dem Kinderheim holte und mit mir nach Berlin zog, sah ich schwule Pärchen, die Hand in Hand durch die Straßen liefen und sich in der U-Bahn küssten. Ich war sehr erleichtert und glücklich darüber, mit meiner Homosexualität nicht allein zu sein und sie in Deutschland ausleben zu können. Irgendwann kam mir dann die Idee, einen Ort zu schaffen, an dem jeder seine Neigungen ausleben und er selbst sein konnte, solange er andere ebenfalls respektierte. Nach und nach wurden meine Vorstellungen von so einem Ort immer konkreter. Samuels Bruder Benedikt war damals mein bester Freund und irgendwann habe ich ihm von dieser Idee erzählt. Er hat schon Medizin studiert und ich habe eine kaufmännische Lehre gemacht. Die Idee hat Benedikt gefallen und wir haben sie seinem Vater erklärt." Dankbar dachte Igor an Benedikt, mit dem er nach wie vor befreundet war und der immer zu ihm gestanden hatte.

„Hat Wolfram von Hohenfels dich etwa unterstützt?"

Igor lachte. „Wenn Samuel sich nicht kurz zuvor geoutet hätte, hätte er uns sicher nur ausgelacht. Doch es hat ihn wohl nachdenklich gemacht, dass sein Sohn schwul ist, und er war der Idee aufgeschlossen genug, um in den Club zu investieren. Und zumindest aus finanzieller Sicht hat er das sicher nicht bereut."

„Dann hast du es also Samuel zu verdanken, dass du das *Dusters* damals eröffnen konntest."

Igor nickte. „Und Theodor habe ich ihm auch noch zu verdanken."

Damian lächelte in sich hinein. Samuel war schon ein ganz besonderer Mensch. Damian war dankbar für die Zeit, die er mit ihm verbracht hatte. Auch ihn hatte Samuel verändert und vielleicht hätte er sich gar nicht getraut, Igors Antrag anzunehmen, wenn er die Beziehung mit Samuel nicht gehabt hätte. Zum einen hatte er zum ersten Mal ausprobiert, wie es sich anfühlte, mit einem Mann zusammen zu sein und zum anderen konnte er nun den Vergleich zu seiner Beziehung mit Igor ziehen. Komischerweise war es die Einstellung zu sich selbst, die den Unterschied machte. Er konnte gar nicht sagen warum, aber bei Samuel hatte er sich unzulänglich gefühlt. Er hatte gewisse Erwartungen bei Samuel gespürt und seinen Wunsch, ihn zu verändern, vielleicht auch nur Samuels Bedürfnis, ihm zu helfen und sich um seine Verletzungen zu kümmern. Bei Igor hingegen empfand er keinen Druck. Igor wollte ihn nicht therapieren, sondern nahm ihn einfach an, so wie er war, mit seinem amputierten Bein, dem Kunstauge und den inneren Narben. Igors Liebe umfloss ihn gleichmäßig und ruhig wie ein träger Strom und forderte nichts von ihm. Diese Verlässlichkeit gab ihm Ruhe und Kraft.

„Mir geht das Haus am Meer nicht aus dem Kopf", meinte Damian, als sie sich einige Zeit später in einem Restaurant gegenübersaßen.

„Mir auch nicht, zumal ich gesehen habe, wie sehr du es in dein Herz geschlossen hast."

„Ich bin hin und her gerissen. Auf der einen Seite habe ich jedes Detail, wie ich das Café und die Zimmer einrichten würde, schon im Kopf. Und auf der anderen Seite bekomme ich sofort Panik, wenn ich darüber nachdenke, um wie viele Dinge ich mich kümmern müsste und wie ich das mit der Prothese hinbekommen sollte."

„Wenn du möchtest, rufe ich Morgen an und frage, ob das Haus noch zum Verkauf steht."

Damian senkte den Blick. „Und ich möchte nicht, dass du noch mehr Geld für mich ausgibst. Ich stehe ohnehin schon so tief in deiner Schuld."

„Das ist doch Blödsinn. Wir sind verlobt und ich wüsste nicht, wofür ich mein Geld lieber ausgeben würde."

„Aber wie soll ich das allein schaffen?"

Igor zuckte mit den Schultern. Darauf hatte er auch keine Antwort. Er konnte nicht aus Berlin weg, schließlich musste er sich um den Club kümmern. „Wir können es langsam angehen, in den Ferien hinfahren und uns nach und nach um alles kümmern."

Damian holte tief Luft. „Oder ich frage Hana, ob sie mit mir in die Bretagne zieht."

Igors Augen weiteten sich. „Hana?" Das war eine absurde Vorstellung. Seine Schwester verließ das Haus so gut wie nie. Mit Sicherheit würde sie sich nicht dazu bereiterklären, in die Bretagne zu ziehen, zumal sie kein Wort Französisch sprach.

„Zumindest könnte ich sie fragen, wenn du damit einverstanden wärst, dass sie wegzieht. Schließlich kümmert sie sich um deinen Haushalt."

„Einverstanden wäre ich schon. Ich würde es sogar begrüßen, wenn sie mal raus aus dem Haus käme. Aber viel Hoffnung kann ich dir da nicht machen. Ich bin mir sicher, dass sie sich diesen Schritt nicht zutraut."

Hana zuckte zusammen, als die Tür ins Schloss fiel. Sie war nervös, schreckhaft und hatte kaum noch geschlafen, seit Igor und Damian vor ein paar Tagen aus der Bretagne zurückgekehrt waren. Der glückliche Ausdruck in Igors Augen, als er ihr den Verlobungsring gezeigt hatte, freute sie auf der einen Seite, doch er zerriss ihr auch das Herz. Was würde nun mit ihr geschehen? Igor und sie waren gemeinsam durch die Hölle gegangen und gehörten seither zusammen. Und nun würde Igor heiraten! Dass Igor Damian liebte, wusste Hana seit dem Tag, an dem die Sanitäter ihn ins Haus getragen hatten. Die Art, wie Igor ihn ansah, war eindeutig gewesen. Doch es war eine Sache, dass er einen Partner hatte und eine andere, dass er ihn heiratete. Das war so offiziell und verbindlich. Damian war nicht nur zur wichtigsten Person in seinem Leben geworden, sondern er würde auch seinen Alltag bestimmen. Das machte sie überflüssig. Sowohl Damian als auch Igor hatten ihr zwar versichert, dass sich nichts ändern würde, aber in ihren Augen änderte das alles. Igor sollte die Möglichkeit haben, sich ein Leben mit seinem Mann aufzubauen, ohne dass sie als störendes Rad am Wagen im Weg war. Außerdem war es schwer für sie, die Zärtlichkeiten zu beobachten, die Damian und Igor ständig austauschten. Ihre Küsse waren so intensiv, dass ihr jedes Mal ein stechender Schmerz zwischen die Rippen fuhr. Sie beschimpfte sich selbst, dass sie Igor dieses Glück gönnen und sich freuen musste, und sich nicht von Neid und Eifersucht zerfressen lassen sollte. Doch das gelang ihr nicht.

„Hana?"

Das war Damians Stimme. Sie räusperte sich. „Ja?"

„Wo bist du?"

„Oben. Ich komme gleich runter", rief sie.

„Trinkst du eine Tasse Kaffee mit mir?", fragte Damian, als sie die Küche betrat, wo Damian bereits herumwerkelte. Die Küche hatte Damian in Besitz genommen, kaum dass er aus dem Urlaub zurück war. Es war nicht so, dass Hana eine leidenschaftliche Köchin war, aber es war ihre Aufgabe gewesen, ihren Bruder zu bekochen. Und diese Pflicht und Daseinsberechtigung hatte er ihr genommen. Außerdem war er in Igors Schlafzimmer eingezogen. Zuvor hatte Igor noch nie einen Mann mit in sein Schlafzimmer genommen und für Hana war es sehr befremdlich, dem Stöhnen und Keuchen, das lautstark durch die Tür drang, zuzuhören. Sie hatte kein Problem damit, dass Igor schwul war. Daraus hatte er noch nie einen Hehl gemacht und seine Erleichterung darüber, sich in Berlin mit dieser Neigung nicht verstecken zu müssen, war ja auch der Grund gewesen, warum er den Club eröffnet hatte. Und damit war es auch der Grundstein ihres Wohlstandes und der ungeheuren Erleichterung, dass sie finanziell unabhängig waren. Doch sie hatte zuvor noch nie gesehen, wie er einen Mann zärtlich berührte.

Sie setzte sich an den Küchentisch. „Ja, gerne."

Damian bereitete den Kaffee zu und arrangierte Nougatpralinen, die er am Vortag selbst zubereitet hatte, auf einem Tellerchen. Der Kaffee mit der idealen Crema und die appetitlich arrangierten Pralinen – alles war so perfekt, so filigran, so kunstvoll, dass Hana in ihrem Stuhl zusammensackte. Mit ihrer profanen Hausmannskost machte sie neben Damian eine jämmerliche Figur.

Damian nahm ihr gegenüber Platz und lächelte sie an. „Ist alles in Ordnung, Hana? Du bist so blass. Fühlst du dich nicht wohl?"

Hana seufzte nur. Dieses Lächeln war so entwaffnend und die Stimme so verführerisch. Wenn Hana ehrlich zu sich war, beneidete sie nicht nur Damian um Igor, sondern auch ihren Bruder, weil er diesen Traum von einem Mann im Arm halten konnte. Ihre Gefühle für Damian hatten nichts mit Sexualität zu tun. An dem Tag, an dem die Männer in ihrem Elternhaus sie dazu gezwungen hatten, zuzusehen, was sie mit ihrer Mutter taten, war sie zugefroren. Die Vorstellung, dass ein Mann sich ihr nähern oder sie mit gewissen Absichten berühren könnte, löste bei Hana heftige Übelkeit aus. Niemals in ihrem Leben wollte sie mit einem Mann intim werden, lieber würde sie sterben. Gerade deshalb war sie in der Lage gewesen, für Damian, von dem sie wusste, dass er schwul war, Gefühle zu entwickeln.

Als sie sich nach dem Unfall um Damian gekümmert hatte, merkte sie sofort, dass er Angst davor hatte, von ihr berührt zu werden. Sie konnte dieses Unbehagen so gut nachvollziehen und ihr Herz weitete sich für ihn. Sie spürte, wie dankbar er ihr war, dass sie ihn nur berührte, wenn es unumgänglich war. Nach wenigen Tagen schon genoss sie seine Gesellschaft mehr, als gut für sie war. Er war höflich, freundlich und interessierte sich für sie. Zum ersten Mal gab es einen Menschen in Hanas Leben, mit dem sie sich ungehemmt unterhalten konnte. Er erzählte von seinem ungeliebten Job, von seinem Bruder, von Kochen und Backen und fragte wiederum nach, wie sie es damals geschafft hatte, sich und ihren Bruder durchzubringen. Viele Kleinigkeiten, die sie schon vergessen hatte, bahnten sich einen Weg in ihr Bewusstsein und es tat so gut, jemandem davon zu erzählen, der sich wirklich dafür interessierte. Damals war sie so allein und verloren gewesen. Igor war noch ein Kind, war selbst verstört und unsicher und sie hatte stark sein müssen. Hana hatte versucht, Igor und sich ein Zuhause aufzubauen und ihm Sicherheit zu geben. Als Igor dann kurz nach dem Abitur mit Hilfe eines Schulfreundes den Club gekauft und ihn nach kurzer Zeit zum Laufen gebracht hatte, war es, als habe Hana ihr Pulver verschossen. Igor übernahm nach und nach die Verantwortung und Hana zog sich immer mehr zurück. Es war einfach keine Kraft mehr übrig.

Damian legte ihr die Hand auf den Arm. „Sprich mit mir, Hana. Bitte erkläre mir, was dich bedrückt."

Hana sah auf und traf seinen besorgten Blick. „Ich will euch nicht stören."

„Das tust du nicht."

Sie druckste herum. Was sie wirklich empfand, konnte sie Damian nicht erklären. „Doch, das tue ich. Ihr wollt euch ein Leben zusammen aufbauen und darin ist kein Platz für mich."

Damian zog die Hand zurück und sah sie nachdenklich an. „Vielleicht haben wir ganz andere Pläne."

„Was meinst du damit?"

„In Brignogan-Plage haben wir ein Häuschen am Strand entdeckt, das zum Verkauf stand. Es wäre ideal für ein kleines Café, wobei es allerdings ziemlich verfallen ist und renoviert werden muss. Igor hat überlegt, das Häuschen zu kaufen."

Hana stockte der Atem. Igor durfte nicht so weit wegziehen. Es war eine Sache, wenn sie sich eine Wohnung in der Nähe suchen musste, doch sie konnte sich nicht vorstellen, ihn monatelang nicht mehr zu sehen. „Was ist mit dem *Dusters*?", fragte sie heiser.

„Igor kann natürlich nicht mitkommen. Er muss sich um den Club kümmern. Und ich schaffe das auch nicht allein. Dazu bin ich mit der Prothese zu unbeweglich und zu langsam. Aber wenn du mit mir in die Bretagne ziehen würdest, dann könnte es funktionieren."

Hana versuchte, etwas zu erwidern, doch mehr als ein Krächzen brachte sie nicht hervor.

„Ich will dich damit nicht bedrängen und weiß auch gar nicht, ob du dir das überhaupt vorstellen könntest. Aber es wäre eine Möglichkeit. Gemeinsam mit dir würde ich den Schritt wagen, auch wenn ich mir ziemlich in die Hose mache."

„Ich?" Hana räusperte sich, denn sie hörte ihre Stimme selbst kaum. „Du würdest wollen, dass ich mit dir in die Bretagne ziehe?"

„In deiner Gesellschaft fühle ich mich wohl, Hana. Und momentan gibt es kaum einen Menschen, von dem ich das behaupten kann."

Sie starrte ihn nur an.

„Denk in Ruhe darüber nach. Vielleicht klappt es auch gar nicht. Igor muss erst nachfragen, ob das Haus noch zum Verkauf steht."

Hana lag in ihrem Bett und starrte an die Decke. Eine weitere schlaflose Nacht stand ihr bevor, denn ihre Gedanken schlugen wilde Purzelbäume. Noch immer konnte sie nicht begreifen, was Damian ihr da vorgeschlagen hatte. Ihr erster Gedanke war gewesen, das Angebot sofort abzulehnen. Die Vorstellung in ein fremdes Land zu ziehen, in dem sie sich nicht verständigen konnte, weit weg von Igor, war so beängstigend, dass sich ihr die Kehle zuschnürte. Doch dann erschien das Häuschen vor ihrem inneren Auge. Damian hatte ihr Fotos von dem Haus und der Küste, an der es stand, gezeigt. Und sie spürte Damians Blick auf sich. Er wollte tatsächlich gemeinsam mit ihr ein Café eröffnen?

EIN HAUS AM STRAND

Drei Monate später

Seufzend öffnete Damian eine Flasche Wein und nahm zwei Gläser aus einer der Kisten, die noch an der Wand standen. Er war völlig erledigt und sein Bein machte sich schon den ganzen Tag über ihn lustig. Ständig spürte er ein Kribbeln in seinen nicht mehr vorhandenen Zehen oder ein stechender Schmerz in der Wade ließ ihn zusammenzucken. Außerdem machten ihn die Bretonen fertig, indem sie ihn deutlich ihre Verachtung spüren ließen. Er hatte angemerkt, dass sie beim Abschleifen der Dielen einen Bereich vergessen hatten, worauf sie ihm nur gesagt hatten, er solle sich um seine eigenen Angelegenheiten kümmern, von handwerklicher Tätigkeit verstehe er ja wohl nichts. Natürlich hatte es sich herumgesprochen, dass das alte Fischerhaus jetzt einem schwulen Paar aus Deutschland gehörte, was einen Sturm der Entrüstung ausgelöst hatte. Damian war nicht klar, was für die Dorfbewohner schlimmer war, seine Homosexualität oder dass er ihr

Kriegsgegner war. Die deutsche Besatzung während des Zweiten Weltkrieges hatte hier noch niemand vergessen. Beim Einkaufen tuschelten die älteren Damen hinter seinem Rücken und zwar so laut, dass er jedes Wort verstehen konnte. Manche wechselten sogar die Straßenseite, wenn er durch das Dorf ging. Hana konnte überhaupt nicht damit umgehen und kam nicht mehr mit ins Dorf. Was hatten sie sich da nur angetan?

Er trug die Gläser auf die Veranda, wo Hana auf dem Sofa saß und sich in eine Decke eingekuschelt hatte. Sie musste erschöpft sein. Sie verließ das Haus zwar nur, um lange einsame Strandspaziergänge zu machen, doch im Haus schuftete sie unermüdlich. Die Leitungen und die Bäder in einem der beiden Seitenflügel waren fertiggestellt und Hana hatte jeden Winkel mit akribischer Genauigkeit geputzt, da in den nächsten Tagen die Möbel geliefert werden sollten. Außerdem lernte sie wie besessen Französisch. Abends saßen sie oft gemeinsam über den Büchern, Damian fragte sie ab und frischte dabei auch seine Sprachkenntnisse wieder auf.

Er stellte die Gläser auf dem Glastischchen ab, blickte über das Meer und seufzte. Als er sich neben Hana setzte, hob sie die Decke an und breitete sie auch über ihm aus. Dankbar kuschelte er sich in die Decke und war froh, dass er den warmen Pullover trug, den Hana ihm gestrickt hatte. Der Herbst hatte sich unbarmherzig mit eisiger Kälte an der Küste ausgebreitet. Damian lauschte den Wellen und beobachtete die Gischt, die im schwindenden Licht an den Felsbrocken aufschäumte. Die salzige Luft füllte seine Lungen und eine leichte Brise streifte seine Wangen. Okay, vielleicht war es das alles wert. Die Leute im Dorf würden sich schon daran gewöhnen, dass sie hier lebten, wenn er sich auch keine Illusionen machte, dass sie ihn unterstützen würden. Um seinen Kuchen würden sie einen großen Bogen machen. Er konnte nur hoffen, dass die Touristen, die sich im Sommer in diese Ecke der Bretagne verirrten, Appetit auf Kaffee und Kuchen mitbrachten.

Er legte den Arm um Hana. „Ist alles in Ordnung?"

„Ich vermisse Igor."

„Ich auch."

Hana lehnte den Kopf gegen seine Brust. „Alles wäre so viel leichter, wenn er bei uns wäre. Ihm würden die Handwerker nicht auf der Nase herumtanzen."

„Wir kriegen das schon hin, Hana", sagte Damian, wenn er im Moment auch seine Zweifel hatte.

„Ohne Igor fühle ich mich verloren. Seit ich ihn damals aus dem Kinderheim zu mir holen durfte, war ich nicht mehr über längere Zeit von ihm getrennt."

„Wir beide sind ganz schön abhängig: Du von Igor und ich erst von meinem und dann von deinem Bruder. Vielleicht ist es gut, dass wir jetzt auf uns gestellt sind, und lernen müssen, auf eigenen Füßen zu stehen."

Hana seufzte. „Vermutlich hast du recht. Aber es ist hart."

Damian streichelte ihr über die Schulter. Dass Igor nicht bei ihm war, bereitete ihm körperliche Schmerzen. Es war, als sei ein weiteres Körperteil von ihm abgetrennt worden. Erst in ein paar Wochen würde Igor zu Besuch kommen und bis dahin wollte er das Café eröffnet haben, auch, um Igor zu zeigen, dass er es hinbekam. Igor und seine Anwälte hatten sich schon um die rechtlichen Angelegenheiten gekümmert und er hatte einen Generalunternehmer mit der Sanierung des Hauses beauftragt. Da sollte Igor zumindest sehen, dass er sich um das Geschenk, das er ihm gemacht hatte, kümmerte und hart arbeitete, um ihren gemeinsamen Traum in der Bretagne wahr werden zu lassen – auch gegen den

Widerstand der Dorfbewohner. Auch für ihn und sein Selbstbewusstsein war es wichtig, diese Hürde zu meistern. Dankbar dachte er an Igor und versuchte, sich daran zu erinnern, wie sein Kuss schmeckte und wie sich seine Haut anfühlte, wenn er mit den Fingern darüberstrich. Auch wenn er völlig ausgelaugt war, sobald er den Blick über das Meer schweifen ließ, wurde ihm wieder klar, dass es richtig war, was er hier tat. Und er spürte Igors Liebe, die so groß war, dass er ihn hatte gehen lassen. Igor hatte keine Entscheidungen für ihn getroffen oder ihn bevormundet, sondern ihm nur einen Weg gezeigt, der ihn zu seinem Café am Meer führte. Damian selbst hatte die Entscheidung getroffen, ihn beschreiten zu wollen, und Igor hatte ihn dabei unterstützt, obwohl auch ihm die Trennung schwerfiel. Einen größeren Beweis seiner Liebe hätte Igor ihm nicht schenken können.

Über den Autor

Devan Freeman hat unter einem anderen Pseudonym bereits mehrere erotische Reiseromane und Entwicklungsromane veröffentlicht. Die Buchreihe *Queer Docs* erzählt die Geschichten einer Gruppe junger Berliner Ärzte und ihrer Freunde.

Der Autor ist erreichbar unter
Devan77Freeman@gmail.com

Facebook:
https://www.facebook.com/DevanFreemanAutor

Gregor – Queer Docs Band 3

Voraussichtlicher Erscheinungstermin November 2019

Gay Romance – amüsant, dominant, fesselnd und mit Happy End.

Gregor arbeitet als Oberarzt in der Unfallchirurgie und hat Besseres zu tun, als Babysitter für den Stiefsohn seiner Schwester zu spielen. Doch er schuldet ihr noch einen Gefallen.

Tizian ist das *Enfant terrible* der Familie. Er hat seine Lehre abgebrochen und wurde wegen Diebstahls zur Ableistung von Sozialstunden in einem Krankenhaus verurteilt.

Die beiden gehen sich gegenseitig gewaltig auf die Nerven, bis sie entdecken, dass das Leben ohne den anderen viel zu leer war. Was hält die Zukunft für sie bereit?

Dieser Band schließt sich zeitlich an die beiden ersten Bände der Buchreihe „Queer Docs" an, kann jedoch unabhängig davon gelesen werden.